ことのは文庫

「泣ける話」をひとつください。

あきらめの悪い編集者と忘れ去られた推し作家

いのうえ えい

MICRO MAGAZINE

目次

「泣ける話」をひとつください。

あきらめの悪い編集者と忘れ去られた推し作家

前章：おれの推《お》し作家は「泣ける話」が書けない。

夕方に降り出したらしい雪が、街灯の光にちらちらと反射する。

仕事終わり、ネクタイを緩《ゆる》めた襟元《えりもと》に、冷たい風は許可なく狡猾《こうかつ》に滑《すべ》り込む。今年初めて着込んだダッフルコートの袖口《そでぐち》には、微《かす》かに白い結晶の欠片が舞い降りすぐにふわりと消えていった。

寒いな、と感じると思い出す声があった。

——おれはねぇ、めでたしめでたしが好きだから。

……だから魔法をかけようね。少しだけ、この本の世界があったかくなるように。

そう言って、絶対に「悲しくない」奇妙で出鱈目《でたらめ》なお伽噺《とぎばなし》を聞かせてくれた、マイペースで掴《つか》みどころのない声。

ふわふわ、ゆらゆら、足元を少しだけ覚束《おぼつか》なくする代わりに、目に映る景色をワントーン暖色に変えてくれる。

そんな声を今もまだ思い出しながら、コツコツと革靴の底を鳴らしてこの道を歩いている。

「柴《しば》ー。太田《おおた》先生の原稿いけそうー？」

　書類の束に埋《う》もれた電話に受話器を無理やりねじ込んで戻したのとほぼ同時に、前のデスクから名前を呼ばれた。

「はい。話の大筋は綺麗にまとめてくださっているので、今週中には一稿上げられます」

「年末刊の文庫特集ページは？」

「ｗｅｂデザイナーと最終調整中です。あ、陽《よう》さんの言ってたイラストレーターさん当たれそうですよ。以前ご一緒させてもらった作家さんが懇意《こんい》にされてるらしくて」

「マジか！　おまえはいつも優秀だなぁ」

　編集部きっての癒し系、黒森陽太《くろもりようた》さんが、にこにこと柔和《にゅうわ》な笑みでおれを労ってくれる。後輩であるおれをいつもこうして手放しで認めてくれるこの人の器の大きさを尊敬しているから、褒《ほ》められると単純に嬉しい。

「陽さん、そんな褒めなくていいですよ。豆柴《まめしば》、しっぽ振ってる暇があるなら早く例の作家オトして企画書出せ」

　隣から投げつけられる、おれの癒しのひとときを容赦《ようしゃ》なくぶち壊してくる聞きたくもない声。おれが机の左半分を片づけないのは、ひとえにこいつの顔面を拝む機会を減らすためだ。決して、書類を捌《さば》くのが苦手で片づけが下手なわけではない。

「……そんな幼獣ここにはいない。おれの名前は、柴桜丞《おうすけ》だ」

　ぎぎぎと首を捻《ひね》り睨《にら》みつけると、いけ好かない同期の男、蒼井世那《あおいせな》はふんと鼻を鳴らして目だけでおれの方を見た。人にストレスをため込ませて思考を停滞《ていたい》させながら、自分の指は留まることなく流れるようなブラインドタッチで画面に文字を生み出していく。嫌なスキルだ。

「マメ・シバ・オースケ」

「変なミドルネームみたいなの付けんな！」

「きゃんきゃん吠えんな。お気に召さないなら、小さな柴くん、とでも言い換えようか」

「その形容詞いらんだろうが！　仕事とデカさは関係ないんだよ！」

「連体詞だ。編集者の端くれなら正しい日本語使え」

「〜〜〜〜〜……ちょっと間違っただけだろ」

「これが原稿なら、校正ミスにそんな言い訳通用しないぞ。そんなだから、毎日あの美人にフラれ続けるんだよ」

　淀《よど》みなく正論を突きつけられ、おれは唸《うな》った。頭の回転の速い奴との口げんかは厄介《やっかい》だ。そうとわかって要らぬ種を蒔《ま》いてしまう自分の学習能力の低さは潔く棚上げして、反撃の言葉を探すがまったく思い浮かばずにもごもごと口ごもる。

「それとこれとは……」

「え、なになに。柴って美女にアタック中なの？」

おれの劣勢を汲《く》んでくれたわけではないだろうが、興味深そうに話に入ってくる陽さんの悪気のない無邪気さに、おれと蒼井の一触即発の空気は和らいだ。捻くれた人間はえてして実直な人間に弱い。おれも含めて。

「陽さんまで何言ってるんですか……。仕事ですよ、仕事」

苦笑しながら答えると、隣で蒼井がにやりと口角を上げるのが積み上がった書類越しに見えてしまった。

「結果出せないなら仕事ですらないけどな」

「おまえ、ちょっと三年くらい黙っててくれない？」

にこりと微笑《ほほえ》んで、書類の山の頂から僅《わず》かに覗《のぞ》く、蒼井の嫌味なほど透明感のある綺麗な髪色と、切れ長な瞳に象徴される端整な顔を視界からシャットアウトするために、手元にあった資料の束を加えて標高を嵩上《かさあ》げしてやった。そんなおれたちの代わり映えのしないやり取りを、陽さんは可笑《おか》しそうに眺めて笑う。

「柴と蒼井は今日も仲良しだなぁ」

おれは陽さんを尊敬しているけど、この感想にだけは賛同できない。いくら癒し系No．1キャラの陽さんを正面から眺められると言ったって、隣の席にこんなストレッサーが居座っていたのでは、哀しいほどにプラマイゼロ。実際、今年の部署異動でこいつと同じ編集部に配属されて以来、どうにも仕事の調子が出ない、気がする。

その最たるが、蒼井の言う「美人」。

書類の山の向こうから届いてくる、流れるように滑らかなタイピング音を聞きながら、業務のチェックリストを確認していく。陽さんのデスク後ろの大きな窓は白く曇って、見上げればどんよりと重そうな鉛色の雪空が見える。日に日に気温が下がり、夜の人出も鈍るこの季節、定時二時間後までがあの人を捕まえられる時間のタイムリミット。苦めのコーヒーで気合を入れ直し、おれは目の前の原稿に向き直った。

駅から出ると、ダッフルコートの襟元を鋭い冷気が通り抜けた。勤めている出版社から電車で十分足らず。少し歩けば寺か神社に当たるような、昔ながらの空気が残る古風なこの街は、駅近の繁華街でさえもどこかのんびりとしている。昼間には駅前から少し歩けば、どこまでも広がる柔らかな芝生を食《は》む鹿の姿がそこかしこで見られ、夕暮れ時には紅に染まる庁舎や五重塔《ごじゅうのとう》が、家路を急ぐ人々の疲れを溶かして包み込むような深い影を落とす。そうして、夜の帳《とばり》が下り始めると、穏《おだ》やかな静寂が街を覆う。居酒屋ですら零時前にほぼ店じまいしてしまうような商売っ気のなさは、ゆったり暮らすぶんには悪くはないのだが、あの人を捕まえるためには少し分が悪い。

頬にぶつかるひんやりとした強めの風に、寒いと首を縮める間も惜しんで、おれは慣れた道を速足で進んだ。

商店街の大通りから少し外れた小さな路地裏に、その店はある。外からは間口《まぐち》の狭いただの町家のように見えるから、いまだに戸口を開けるときに少し周囲を見回して確認するクセが直らない。軒先にぶら下がる銅製の小さな看板には、店の名前や開店を示す言葉はなく、蔦模様《つたもよう》の繊細な飾りが刻まれているだけだ。それから、足元に置かれた木製の棚に並んだハーブの鉢と、どこか愛嬌《あいきょう》のある黒い招き猫。

今日も今日とて人気《ひとけ》のなさそうな店内に踏み込むと、カウンターに突っ伏して眠っているのか悩んでいるのか息絶えているのか……判別のつきにくい店主の姿が目に映る。

「……凪《なぎ》。不用心だぞ」

艶のあるダークブラウンの床材は、おれの革靴によく馴染《なじ》んでコツ、と親し気な音を立てる。響きすぎず、でも聞き逃されない、ちょうどよい音色を知っているかのように。

数歩近づくと、カウンターの人影はもぞりと蠢《うごめ》き、眠そうな目をこちらに向けた青年は数回瞬《しばたた》いてからへらりと笑った。

「起きてたよ。今日は柴が来ないかなぁって思って、ぼんやりしてただけで」

そう言う「美人」に、おれはさっき外で嫌というほど吸い込んできた冷気を凝縮したため息をついた。

色素の薄い柔らかそうな髪。陶器のように滑らかな、日に焼けない白い肌。長いまつ毛に縁取られた、宝石のような飴色の瞳。どこぞの絵本から抜け出してきたような、いっそ胡散臭《うさんくさ》いほどの整った容貌《ようぼう》をもつこの男は、けれどその「美しさ」の恩恵をいとも簡単に放り出す。

さしてファッションに詳《くわ》しくもないおれが見ても一目瞭然《いちもくりょうぜん》でセンスの欠片もないと判断ができてしまう、べろんべろんの着古したはんてんのような謎の衣服を身にまとい、単に切るのが面倒なのだなと心中が一瞬で推し量れる伸び方をしたくしゃくしゃの髪を掻《か》きながら、カウンターの中でくぁっと大きなあくびをした。

「どの口が言うんだか。おれの話をろくに聞かないくせに」

呆れ声で返しながら、おれは疲れた足取りでカウンター席に着いた。ここに来ると、というかこの男を見ると、一気に疲れる。それでも仕事の山と格闘しながらここに来る時間を作るのは、おれの編集者としての使命感だ。それ以上でも、以下でもない。

凪は座っていたスツールから立ち上がり、カウンターの中にある大きな戸棚から漆塗《うるしぬ》りのシンプルな椀《わん》を取り出すと、レトロな風合いの赤いやかんを火にかけながら不思議そうに首を傾《かし》げた。

「柴の話？　いつもちゃんと聞いてるけど」

「『耳に入れてる』だけだろ。おれは『前向きに検討してください』って言ってるんだ」

思わず身体を乗り出し抗議しようとしたところで、空気を読まないやかんがシュンシュンと間抜けな音を立てた。

「まぁまぁ。あったかいお汁粉《しるこ》あるから、ちょっと待って」

「………ほら、聞いてない」

　慣れた手つきで汁粉入りのもなかを椀に落とし、湯を回しかける凪を半目で眺めながら、おれは冷気の染みついたダッフルコートを脱いで椅子の背に掛けた。目の前にすっと差し出された椀からは、疲れと苛立ちを溶かすような甘い香りとほこほこと温《ぬく》い湯気が、繊細なカーブを描きながら立ち上る。

　おれはここに汁粉を食べに来たわけではないのだが、もう勤務時間はとっくに終わっているのだし、どうせ出張費も残業代もつかないのだからこれくらいはいいだろうと思いながら割《わ》り箸《ばし》を手に取った。

「毎日遅くまで頑張るねぇ」

「凪が『書いて』くれるならさらに頑張る」

「頑張るのも大事だけど、しっかり寝ないと大きくなれないよ」

「うるせぇよ！　今日何回このネタやるんだ！　身長格差社会なんて滅びろ！」

　温かで絶妙な甘さのお汁粉の癒し効果も一蹴《いっしゅう》する、聞き慣れた話題におれは吠えた。同期の蒼井にもディスられ続けているおれの身長は一六〇センチジャスト（一六〇はある、絶対）。スーツ買うのにどれだけメンタル削られるか、こいつらも一度思い知ればいい。裾上《すそあ》げで切られていく布地の量が、メンタルのダメージに正比例する。蒼井といい凪といい、高身長のイケメンなんて常に地面にちょっと埋まりながら生活すればいいんだ。

　苛立ちに任せてお汁粉を掻き込むおれを眺めて、凪は可笑しそうにふわりと微笑む。

「気にしすぎ。柴の頑張りと身長は無関係でしょ」

「凪が言ったんだからな！」

「ちょっとした冗談だよ。コミュニケーション、大事」

「なんでカタコトなんだ……。っていうか、頼むから、そろそろビジネス上のコミュニケーション取ってくんない？　中編……いや、短編でもいい。こっちの指定する題材で書いてくれればいいだけだから」

いい具合にふやけたもなかの皮を箸で掬《すく》い上げながら一気に言うと、凪は頬杖《ほおづえ》をついておれを正面から眺め、ふっと微笑んだ。

「柴は優秀だから、もっといい作家さんに出会えるよ」

「……おれは、いい作家に出会いたいんじゃない。凪が書いた話を本にしたい」

「でも、おれには柴の言うような『流行《はや》りの』ジャンルは書けないんだよ」

「書いたことがないだけだろ……」

「書けないから、書いたことがない。さぁ、そろそろ店じまいにするけど、ご飯も食べてく？」

「…………………いや、いい。明日、早いし」

我ながら子どもっぽいとは思いつつ、ふいと顔を逸《そ》らしながら呟いた。欲しいものが手に入らなくて拗《す》ねる子どもそのものだ。凪の前だと、プロの編集者としてそこそこの経験を積んできたはずのおれの手腕は呆気なく気配を消す。

「そっか。気を付けて帰るんだよ。風邪、引かないように」

そう言って、冷たくなったおれの髪を撫でる凪の大きな手を躱《かわ》すようにして、ダッフルコートを手早く羽織り戸口に向かった。

「ガキじゃないから。……ご馳走様《ちそうさま》」

今日も今日とて、こうしてフラれて家路につく。連戦連敗。ドロップアイテムは、美味《うま》い汁粉でほんのり温まったこの温度だけ。

ダッフルコートのポケットに収まった定期入れの中には、数年前に凪が受賞したある大手出版社の文学賞の記事が今も挟《はさ》んである。透明のカバー越しにも、少し日に焼けて変色していることがわかる雑誌の切り抜き。この名を表紙に刻む本のイメージは、凪自身の掴みどころのない笑顔よりもずっと鮮明《せんめい》に浮かんでくるのに。

いつも持ち歩き、何度となく目にする定期入れにこの記事を入れているのは、この存在を見つけたときの気持ちを忘れないための、願掛けのようなものだ。おれはもうずっと、毎朝毎夕この名前を眺め、眺めるたびになんとも形容しがたい温もりと、焦燥《しょうそう》を掌《てのひら》越しに感じ、それがゆえに実りがたい想いを新たにする。そうして毎日を過ごしている。

鈴代《すずしろ》凪。

幼いおれに、最初に物語の愉《たの》しさを教えてくれた人。

大人になったおれに、一番ため息をつかせる人。

そして編集者としてのおれを、最も惹《ひ》きつける難攻不落《なんこうふらく》の「推し」作家。
おれは今、どうしてもこの男に、泣ける話を書かせたい。

柴の栞《しおり》：はじまりの頁《ページ》

昔々、というほどでもない二十年くらい前の話。あるところに、どこにでもいるような、平凡で寂しがり屋の子どもがいた。小学校二年生の、おれのことだ。

秋の終わり頃に父と二人で引っ越してきたその街は、いたるところにお寺や神社が散在し、駅の近くにどこまでも続くような芝生の公園が広がり、複雑な色彩を飾り立てる山々に囲まれた自然豊かな土地だった。

伝統的な町家づくりの古民家が立ち並ぶ、住宅街のはずれに位置する小学校には、陽当たりの良い大きなグラウンドがあり、休み時間にはたくさんの笑い声で溢《あふ》れている。そんな中で、おれは今日も窓際の席から山すそに広がる田んぼを眺め、ひとりで国語の教科書を開いた。

「柴くん」

大きめの文字から目を上げると、担任の先生が柔和な笑みを浮かべていた。緩くウェーブした明るい色の髪と、菜の花色のカーディガンの裾が、窓から気まぐれに滑り込んでくる風にふわりと揺れる。先生の声と同じ、優しい色だ。

「……んは外に遊びに行かないの？」

「はい」

しばらくぶりに声を出した気がするから、響きがなんだか覚束《おぼつか》ないと思いながらおれは小さく返事をした。

「クラスには、もう慣れた？」

優しく、少し心配そうな声。なんだか申し訳ないと思いながら、重い頭をなんとか動かして頷《うなず》く。嘘をつくのはあんまり好きじゃない。でも、誰かに悲しそうな顔をさせるのはもっと好きじゃないからしかたがない。こうして、おれはどんどん「しかたがない」嘘を積み重ねていく。積み重ねるたびに、自分の身体がよそよそしくなって、扱いにくくなる気がする。

「そう……。なんでも、相談していいからね」

言い聞かせるような声色に、思わず顔を上げて、少し身を乗り出す。でも、掌で握りしめた教科書のページがくしゃりと小さな音を立て、おれの言葉はそんな小さな音にすら、簡単に消し飛ばされてしまった。

「……大丈夫、です」

そう答えたとき、教室の反対方向から女の子たちが「せんせーい、お絵描きしよー」と声をかけてきた。先生はまだ何か言いたそうな顔をしていたが、何度かおれとその子たちを交互に眺めた後、「はーい、ちょっと待ってー」と言いながら歩いていった。

もう一度国語の教科書に戻る。真っ赤な魚の中に交じった、一匹だけ黒い魚のお話。みんなと同じ色じゃないのは不安だったかもしれない。でもこの子にはちゃんと自分の色があって、勇気があって、知恵もある。おれにはここに来てしばらくの間、「よそから来た子」っていう色があったけど、何度か雨が降って、校庭のイチョウが色を変えて、窓から入る風の温度が少し下がる間に、そんな色は薄ぼけて消えていってしまった。「どこから来たの？」とか、「どんな遊びが好き？」とか、いろいろと聞いてくれたみんなの声も、おれが上手に答えられなくて必死に言葉を探している間に、するりするりと身体の横をすり抜けて、もう捕まえられないようなところまで逃げていってしまった。

手元の魚たちから教室の黒板に目を移すと、「今日の宿題」コーナーには「おんどく」と書かれている。教科書の最初のページに挟んだ「おんどくカード」には、「大きな声でよみましょう」「てんやまるに気をつけてよみましょう」という読み方のポイントが書かれていて、その隣には日付や家族からのOKサインを書き込む欄《らん》がある。

何度も何度も読んでいるから、今なら上手に音読ができる気がした。でも、お父さんは今日もきっと仕事で帰りが遅い。お母さんはずいぶん前に家を出ていったきり、もうずっと会っていない。宿題忘れになるのは嫌だから、いつも自分でカードに○を書き込んでいたけど、なんだか今日はそれさえも面倒になってしまった。教室のあちらこちらから聴こえる笑い声に紛れて、少し強めに教科書を閉じた。

帰りの会が終わり、入り口の辺りが空くのを待って教室を出ると、隣のクラスの先生が両手に本を抱えて廊下を歩いていた。なんの本かはわからないが、イラスト付きの表紙はところどころが擦《す》り切れて、少し茶色く変色している。そんな本を大切そうに抱えて歩いている先生の姿をなんとなく眺めていると、おれの足音に気づいたのか先生はふと足を止めてこちらを振り向いた。

「お、柴くんじゃないか」

名前を呼ばれたことに少し驚いた。おれは、この先生の名前を知らない。

「本をいっぱい持っているから驚いたか？　先生は、今から図書室の本を手当てするんだ」

「……手当て？」

なんだか得意げに告げられた内容が聞き慣れずに、おれは覚束なく聞き返した。

「そうだよ。図書室の本はたくさんの子が読むからなぁ。ときどき休ませて、綺麗にしてあげなきゃならない。柴くんも、本が好きだろ？」

「……？」

先生は笑顔でそう尋ねた。おれは、本が好きだなんて話を誰かとしたことはないのだが。

「あれ、違ったか？　いつも休み時間に教科書を読んでいるからな。本が好きなのかと思って」

「……」

おれは目を瞬いた。隣のクラスの、おれは名前も知らないような先生が、おれの休み時間の過ごし方を知っていたこともだが、この先生の目にはおれの姿がそんな風に映っていたんだなということにも驚いた。「本が好きで」、夢中になって読んでいる子。本当はたぶんそうじゃないのだけれど、なんだか少し気持ちが軽くなった。

「教科書以外の本は読まないの？」

そう尋ねられ、おれは先生の手元にある本を眺めた。

「……持ってないから」

本が欲しいって言えば、お父さんは買ってくれるかもしれないけど。でもあんまり言いたくなかった。おれが何かをしたいとか、何かを欲しいって言ったとき、もしそれが無理だったら、お父さんは悲しそうな顔をするから。

先生はおれの表情をじっと見て、それから微笑んだ。身体も大きいし声も大きいし、なんだか強そうな男の先生だと思っていたけど、笑った顔はとても優しい。

「じゃあ、図書館に行くといいぞ。図書館の本は誰でも、どれだけでも読める。学校の図書室はいつも昼休みに開いているし、この町にはふたつも図書館がある。駅前の中央図書館は大きくてきれいだし、公民館の隣の記念図書館は学校のすぐ近くだ。今度お家の人と行っておいで」

「……うん」

「気を付けて帰るんだぞ」

「……はい」

先生と別れて、おれは放課後遊びをしているみんなの姿を眺めながら校庭の隅《すみ》を通って門を出た。そうして、通学路の途中にある公民館の隣にある古く大きな建物、白い柱と細やかな装飾に彩られた、西洋のお城のような図書館に向かった。

図書館の中はひっそりとしていた。一階のロビーがいやに広く、スニーカーの底が硬い床に触れるたびに落ち着かなげにキュッキュと慣れない音を立てた。階段は長く、踊り場にある石と水のアートが複雑な影を足元に投げかけた。

どきどきとうるさい心臓の音をやり過ごしながら階段を走るように上った。閲覧室《えつらんしつ》に辿《たど》り着くと、やっと落ち着いた色のカーペットが現われ、足裏の感覚を和《やわ》らげてくれた。「こどもの本」と書かれた可愛らしい色合いの画用紙には、リスやウサギが楽しそうに本を読むイラストが貼りつけられ、ひときわ大きな本棚には秋らしい落ち葉やどんぐりの形をしたフェルトの飾りが施《ほどこ》されている。

入り口から少し離れたところにあるカウンターに座っていたおばさんは、ひとりで閲覧室に入ってきたおれを見つけて少し首を傾げたが、ランドセルにぶら下げた体操服入れについた小学校の校章に見覚えがあったのか、すぐににこりと微笑んで手元の作業に戻った。周りにはおれよりも少し年下くらいの子が何人かいたが、どの子も母親と一緒に本を選んでいるようだった。

「これ読んで」

と、母親に向かって笑顔で本を差し出す姿がなんだか眩しくて、おれは強い光から逃れるようにずんずんと書架《しょか》の奥の方へ進んでいった。

季節の絵本、紙芝居コーナー、なぞなぞの本、世界の物語……次から次へと現われる本棚の間をすり抜けながら歩く。カウンターが見えなくなり、楽しそうな親子の声が遠ざかり、静けさが身体を覆う。少し空気がひんやりとして、脚が重くなるような気がしたが、そのまま進み続けた。それにしても、どうしてこの図書館はこんなに広いのだろう。外から見ているときには、まさかこんなに奥まで空間が続いているなんて思いもしなかった。

ふと、本のページをめくる乾いた音が響いた気がした。立ち止まると、周りを囲む数え切れないほどの書物から滲《にじ》み出す、永い年月を凝縮《ぎょうしゅく》して吸い込んだような複雑な香りが鼻《び》腔《こう》を掠《かす》めた。

「ひとりで、来たの？」

不意に、静かで透き通った声が響いた。正面の本棚の陰に、洒落《しゃれ》た椅子に腰かけたすらりとした人影があった。陽の光を遮る分厚いカーテンのせいで薄暗い空間に、その人の容貌はぼんやりと光を放ち浮かび上がるように映り込んだ。まるで、静かな夜空に浮かぶ涼やかな月のよう。

零《こぼ》れた光の粒を溶かし込んだような、色素の薄い美しい髪。宝石のような琥珀色《こはくいろ》の瞳。どこまでも透き通って溶けてしまいそうな、雪よりも白く滑らかな肌。絵本の中から抜け出してきた王子様みたいな、整いすぎた顔立ち。すらりとした長い脚を組んで大きな絵本を膝に乗せ、まるで子猫でも撫でるように優しくページをめくっている。

「……ひとりで、来た」

ぽつりと答える。さっきまで頭を奥まで覆い、身体を押しつぶしそうだった静寂が和らぎ、意外なほど楽に声が出た。

「本が好き？」

目の前の美しい人は本のページを繰《く》っていた手を止め、おれをまっすぐに見据《みす》えながら柔らかく微笑んでそう尋ねた。おれは自分の周囲を覆うたくさんの本を眺める。それから、謎の青年に視線を戻した。

「……わからない」

小さく首を振ってそう答える。「好き」と答えた方がいいのかもしれないけれど、なんとなくこの人には嘘を言わなくてもいい気がした。もう少し正確に言うと、嘘を言っても意味がないような気がした。優しい瞳の色は透き通って簡単に奥まで見透《みす》かせそうだったが、同時にこちらも見透かされるような、奇妙な力強さを感じさせた。

「じゃあ、これから読んでみるんだね。好きになれるといいね」

美しい青年は、おれの返答を特に気にするでもなくそう言うと、涼し気な視線を周囲に走らせた。

「よかったら、本を読んであげようか？」

突然の申し出に、おれは目を瞬いた。さっき見かけた、楽しそうな親子の姿が脳裏をよぎる。「これを読んで」と本を差し出せる相手は、おれにはいないと思っていたし、欲しいものはいつだって、そんなに簡単に現われるはずがない。

「……お兄さんは、図書館の人？」

カウンターに座っている人たちは、ときどき子どもたちを集めて本を読んでくれることがあると、入り口のポスターに書いてあった気がする。この人はカウンターに座っていないし、服装は黒いタートルネックのセーターにグレーの細身のズボンで、おそろいのエプロンも胸の名札もつけていない。それに図書館のこんなに奥の奥の方で本を読んでいたのだからたぶん同じじゃないだろう。でも、他には思いつかなかったから聞いてみた。それ以外に、この人がおれに本を読んでくれる理由が思いつかなかったから。

「図書館の人。うん、まぁ、そうだね」

美しい人はおれの言葉に少し目を瞬いたが、すぐに微笑んでそう答えた。一応納得のいく答えがもらえたのでおれは小さく頷き、それから青年の隣にある本棚を眺める。そこには、表紙に美しい装飾を施した絵本が並んでいた。ずいぶんたくさんの本棚を素通りしてきたと思ったけど、まだこんなにたくさんの本があったのか。

「……どんな本を読んでくれるの？」

おれが本棚を見渡し、申し出への返答を吟味する間、青年は変わらず涼し気な表情でおれとおれの周囲の空気を眺めていた。見たことがないくらいに美しい顔をした青年だったが、その表情や声色はどことなく掴みどころがない。

「どんなのでも。本は、どんな場所にも、時間にも、連れていってくれるから」

歌うようにそう言って、青年はふわりと微笑んだ。その言葉は、なんだか不思議な古代の呪文みたいに響いた。おれは少し俯《うつむ》いて、きゅっと掌を握りしめる。

自分の力で、本が読めないわけじゃなかった。絵本や児童書にはちゃんとふりがなもついているし、休み時間にはいつも教科書を読んでいるし、国語の授業だって苦手じゃない。

ただ、誰かに読んでほしかった。

ひとりきりで過ごす部屋も、賑《にぎ》やかなはずなのに全部の言葉がおれの脇を通り過ぎていくひとりぼっちの教室も、うんざりだった。

おれに向かって紡《つむ》がれる言葉が欲しかった。おれの横を通り過ぎない声が欲しかった。

それが、温かい「お話」ならなおのこと良い。

「読んで。……でも、悲しい話は嫌だ」

「じゃあ、めでたしめでたしのお話にしないとね。君が好きなハッピーエンドは、どんなのだろう？」

「……………………かない話」

「ん？」

「……誰も、泣かない話がいい」

美しい人は、そっとおれの髪を撫でて、優しい笑顔で頷いた。

「……柴くん、裏の図書館によく行くの？」

いつものように耳元を通り過ぎるざわめきを聞き流しながら教科書を開こうとしたおれに、隣の席の女の子が小声で話しかけてきた。休み時間の教室で自分の名前が呼ばれることはまったく想定していなかったので、かなり反応が遅れたもののおれはどきどきしながら教科書から顔を上げた。

「……うん。よく行く」

あの日先生に勧められた、小学校の裏手にある古ぼけた図書館は、すっかりおれの日常風景の一部になっていた。学校が終われば、ほとんど毎日ランドセルを背負ったまま図書館に立ち寄り、児童書コーナーの奥の奥の方にいる美しい青年に童話や絵本を選んで渡し、本を読み聞かせてもらいながら夕方までの時間を過ごす。それが日課となってしばらく経ち、図書館の近くで同じ学校の子を見かけることも何度かあったので、この子もどこかでおれが図書館に入っていくところに出くわしたのかもしれない。

「あのね、柴くんは知らないかもしれないけど……」

「？」

女の子は、きょろきょろと周囲を窺《うかが》うように見回し、小さな声を一層抑えて囁《ささや》くように告げた。

「……あの図書館には、あんまり行かない方がいいと思うよ」

「……」

「だってね、あそこには……」

女の子がそう言いかけたとき、続きの言葉を遮るように昼休み終了のチャイムが鳴った。教室の前でクラスの子たちと話していた先生が「はーい、席についてー」と元気よく声をかけ、バタバタと自分の席に戻る人影が、おれと彼女の間を無遠慮に通り過ぎた。その子は宙ぶらりんになった言葉の響きを探すようにしばらくおれの方を眺めていたが、やがて諦《あきら》めたように小さく肩をすくめておれから視線を逸らし、正面に向き直った。

——知ってるよ。

さっきの彼女の言葉に答えるように、おれは心の中で呟いた。学校のすぐ近くにある図書館なのに、あんなにたくさんの本が揃っているのに、それでもおれは毎日のように通っているあの場所で、ランドセルを背負った子を見たことがほとんどない。最初に訪れた日に見かけた何組かの親子連れの他には、同じくらいの歳の子に出会ったこともない。たぶん、この学校の子どもたちの大半は、あの図書館を利用しないのだろうと思う。そうして、おそらくその理由である「噂話」は、おれの耳にもちゃんと届いていた。

先生が読み上げる教科書の物語が窓から差し込む光の中で揺らめきながら宙に舞って溶けていく。今は白く美しい馬が大好きな友達と離れ離れになってしまうお話で、挿絵《さしえ》に描かれた悲しそうな馬の顔を見たくないから教科書は違うページを開いたままにしている。もし、みんなが話すあの図書館の噂話が本当だとしても、おれは今日も必ずあの場所に行く。だって、ひとりぼっちで過ごす時間よりも怖いものなんて、今はないから。

五年生に上がる直前、父親の数回目の転勤で遠い町に引っ越すことになるまでの間、おれはほとんど毎日のように、その図書館に通い続けた。


時は流れ、平凡な子どもはありふれた大人になった。地方大学の文学部に在籍していたおれは、「本」に関わる職を選び、子ども時代を過ごした街にほど近い場所で働くことを決めた。そうして、ありふれているなりに精一杯の努力をして、目標だった編集者の仕事に就いた。慣れない生活の中で時折ちらつく、強い光の残像のような思い出だけが、毎日人ごみに紛れ、同じような色のスーツと眠たげな表情の人波に塗りつぶされて消えていってしまいそうなおれの輪郭《りんかく》を、辛うじて彩のあるものに保っているような気がした。

そんな社会人生活も、やっとのことで二年目に差し掛かろうとしていた、ある冬の日のことだった。

「え、つなげないってどういうことですか？　企画書、まずかったですか？」

受話器を耳に押し当てる手に力がこもり、ついつい声のボリュームが上がった。周囲からの視線を感じて、前方に乗り出していた身体を慌てて椅子に押し戻す。受話器の向こうの馴染《なじ》みある声は、申し訳なさそうに小さく呻《うめ》いた。

「いやいや、そういうわけじゃないです。柴さんにはウチもお世話になってますし、なんていうか本当に申し訳ないんですけど……鈴代先生には、一切連絡がつかなくなっちゃったんですよ」

「連絡がつかない……？」

「はい。柴さんから打診を受けて連絡をしてみたんですが、以前に使っていたメールも電話も、一切つながらなくなっています」

「それじゃ、受賞作の書籍化作業は？」

「あの作品はもともと応募規定の下限ギリギリの字数でして……。加筆か、もう一篇を加えての書籍化はたしかに企画としてあったのですが、先生は書籍化を希望されませんでした。それでも受賞に踏み切ったのはウチとしても賭《か》けだったんですけどね……。結局、応募作についての権利は出版社に委《ゆだ》ねる代わりに、加筆は行わないということで、書籍化の話自体は進んでいなかったんですよ」

　何度かやり取りをしたことのある、大手出版社の若手敏腕《びんわん》編集者は、彼らしくない困惑したような声色でそう告げる。同業者を困らせたいわけではないのだが、どう考えても彼よりも数倍困惑しているおれは、一度は抑えた声のボリュームのネジを足元に落っことしたまま、食らいついた。

「で、でも……賞金の振込先は押さえてたんですよね？」

　ぐちゃぐちゃと絡《から》まり合う記憶の中から、必要そうなものを掻き分け探るように息を吸う。「鈴代凪」が受賞した文学賞は、たしかに書籍化の確約や莫大《ばくだい》な賞金を謳《うた》うようなものではなかった。しかし、名のある純文学の名手たちが審査員に名を連ねており、伝統ある文芸誌の紙面を占める、注目度の高い賞であったことは間違いがない。賞金もたしか、そこそこの額が提示されていたはずなのだが。縋《すが》るような思いで繰り出した一手は、ため息交じりの声に一蹴された。

「賞金は辞退されています。弊社が取り組んでいる地域の施設や図書館に絵本を贈呈するプロジェクトがあるのですが、できればそれに役立ててほしいとおっしゃって。ただ、辞退については個人的な理由だということで、公《おおやけ》にはしないというお約束でした」

「……………住所を、教えていただくことは可能ですか？」

「以前に伺《うかが》っていたものでしたらお教えできますが、そこには現在何もありません。一応、私もあたってはみたのですが……」

どこか腑《ふ》に落ちないような声色ですまなそうに話す担当編集者に礼を言い、おれは嫌な汗をかいた力の入らない掌をなんとか叱咤《しった》して受話器を置いた。

「どうした、どうした？　この世の終わりみたいな顔しちゃって。なんか手伝おうか？」

受話器を置くと同時に零れた、おれの特大のため息を聞きつけたのか、向かいの席から黒森さんがひょこりと顔を覗かせた。

「……陽さ〜ん、こんなことってあります？」

「ん？」

「『鈴代凪』です。お声がけしたいって、主催元の編集部に掛け合ってたんですよ。もちろん、企画書ちゃんと出して。でも、連絡が取れなくなったって言われました」

「急に？　まったく？　それって先方も大迷惑なんじゃないの？」

「それが、なんというか用意周到で……。最初から足取り追わせないみたいな、変な配慮バチバチに張り巡らされてるみたいなんですよね……先方の編集さんも、なんか怒ってるとか困ってるとかっていうより、狐につままれたみたいな感じでした」

「へー、すごいね。なんか、それ自体がミステリー小説みたい」

「あの人、ミステリーは書いてないですけどね……。それにしても、あのクラスの賞を受賞した作家が、完全に雲隠れ……もはや消息不明状態になってるなんて、普通思わないですよ……」

　無力感に項垂《うなだ》れながら、デスクの引き出しからクリアファイルを取り出し、最初のページに保管してある新聞の切り抜きを恨めしい気持ちで眺める。鈴代凪の名前と、受賞作のタイトルがぼんやりと霞《かす》むような思考を上滑りしていくように感じた。

『こころに鳥がゐて動く』というタイトルは、ある俳人の冬の句から取ったのだろうが、意外にも「春を待つ」という冬の季語だけが省略されている。一見生き生きと明るくも見える句は、実は寒さの厳しい冬を詠《よ》んだもので、だからこそ暖かな春を心待ちにすること自体が、生きるエネルギーとなるのだと暗に伝えるような、力強い表現でもある。

　その句の一部を冠した受賞作は、古都で雑貨店を営む老紳士が、ただただ日々遷《うつ》り変わる風景と、そこで暮らす人々の姿を眺め、徒《いたずら》に過ぎていく時間の中に様々な人間模様や美しくも儚《はかな》い季節の言葉を見出していく物語だ。歳時記《さいじき》の小説化、なんていう書評も注目を集めていたが、物語自体はそれほど奇をてらった目新しいものではなかった。

それでも、その物語は強くおれの心を打った。語り手である老紳士の心情は、少し異様に感じるほど作中の描写が少ない。それなのに、彼が見ている風景……瞳に映り込む色彩が、肌や髪に感じる風の温度が、そして鼓膜《こまく》を震わせる言葉の振動が、この上なくリアルに脳裏に浮かび上がる。その感触を通じて、彼の気持ちは自分の身体に明確な温度を持って流れ込んでくる。その温かな視線を辿ることで、いつしか自分までもが内側から包み込まれるような、そんな仄明《ほのあか》るい時間が、その作品には狡猾《こうかつ》に閉じ込められていた。擦り切れるほどめくった、受賞作掲載の文芸誌の感触を辿るように小さく指を滑らせ、クリアファイルの味気ない温度を視界から押しやる。

面倒見の良い先輩である黒森さんは、「意気消沈《いきしょうちん》」を顔面に貼りつけたようなおれを、気の毒そうに眺めて首を傾げた。

「うーん……。たしかに珍しいけどねぇ……。けど、あの作家さんについては、受賞当時からちょっと変わっていたんだよね。取材とかもほとんど受けないし、顔すらメディアにまったく出なくて。僕ら他社の人間はさ、本当に『鈴代凪』っていう作家が存在していたのかさえ怪しんだもの。当時『ゴーストライター疑惑』って騒いでたしね」

「ゴーストライターなら、『実体』担当の人間が表舞台に出てくるはずでしょ。書籍化も断ったって言うし、賞金も辞退……一体なんのために応募したんだか……」

「まぁ、華々しく賞を取ったものの、改稿がうまくいかなかったり、二作目の筆が進まなかったりするケースも意外とあるからねぇ」

「それは、そうかもしれないですけど……。けど、書くことはやめてないと思うんですよね……。なんとかして、見つけ出せれば……」

おれの愚痴《ぐち》とも独り言ともつかない呟きに、黒森さんは表情豊かな瞳を瞬いた。

「書くことをやめてないって、なんでそう思うの？」

「……………編集者の、勘です」

「あはは、柴も『編集者の勘』なんて言うようになったかぁ。いやぁ、頼もしい限りだね」

黒森さんはかっかと愉快そうに笑うと、励ますようにおれの肩を軽く叩いて仕事に戻った。この出版社に勤めて二年目。「新卒新人」のタグは外れたものの、まだまだペーペーで「編集者の勘」なんてものは芽生える気配すらない。

手元から押しやったクリアファイルに、再び目をやる。「鈴代凪」の名前が行儀《ぎょうぎ》のよい刻印《こくいん》のように印刷された、小さな記事。

おれには、あの受賞作を読んだときに、「鈴代凪」の文才よりも先にわかったことがある。それは他の編集者とは違う、おそらくはおれだけが気づけるはずの感覚だ。語り口の柔らかさ。表現の仄明るい輝き。優しく髪を撫でるような、言葉のリズム。そして、「悲しくならない」極上の温かさを、それとは気づかれないように狡猾に閉じ込めた精緻《せいち》な物語。わき目もふらずに急ぎ足で過ぎていく日々の中で、ふと子どもの頃に感じた、あの温かくゆったりとした時間が、身体の底から呼び覚まされるような気がした。おれは、この人の「言葉」を、もうずっと、ずっと昔から知っている。

答えはすでにこの手の中にある気がしたが、ダメ押しのつもりでおれは先ほど聞いた「今は何もない」はずの住所をパソコンに打ち込み検索してみた。

「……ほら、ビンゴ」

耳なじみのある名の小学校の裏手。今はその一角だけを「記念館」として残しているひっそりとした空地は、昔おれが通った、あの図書館があった場所だ。やはり、顔も知らないこの作家は、おれの記憶の中に棲《す》んでいる「あの人」に違いない。

どうしても、この作家を捜し出したいと思った。しかし、記憶の鮮やかさとは裏腹に、現実的にあの「美しい人」を捜し出す手がかりを、おれはほとんど持っていなかった。

まず第一に、あの人を捜すべき場所の見当がつけられなかった。担当者に聞いた住所はおれが幼い頃に通っていた図書館のものであり、おれは出版社への打診を試みる前にすでにそこを一度訪れていた。しかしその場所はすでにおれの記憶にある「図書館」の姿を残してはいなかった。

調べてみると、あの図書館はちょうどおれが大学を卒業する頃に閉館が決まり、建物も図書館として機能していた部分は取り壊されたようで規模が縮小されていた。史料館のような扱いで一般公開もされているということだったが、おれが訪れたときにも人影は一切なく、この世界から切り取られたような静寂だけが漂っていて、いつもおれを出迎えてくれたあの優しく穏やかな笑顔の残像すら拾うことはできなかった。

第二に、「鈴代凪」という名前が本名なのか、ペンネームなのかもわからなかった。さらに、おれは図書館で共に過ごした「美しい人」の名前を知らなかった。それほど大層な理由があるわけではなく、単に、おれたちはお互いに名乗り合うことをしなかったからだ。

大人になった今にして思えば、あれだけ一緒に過ごしながら名前のひとつも尋ねなかったというのは少し奇妙に思えなくもないのだが、当時は何も不自然に感じなかった。だって、必要がなかったから。あの人を、他の何かと区別して名づける必要がおれにはなかった。あの空間でおれが紡ぐ言葉は、無条件にすべてあの人のものになった。呼びかける必要もなかった。あの人は、いつもまっすぐにこちらを見て、どれだけ長い時間がかかっても、目を逸らさずにおれの言葉を待ってくれた。それがすべてだった。

あの人がおれの名前を尋ねなかった理由は知らない。おれのランドセルや名札には「しばおうすけ」と名前が書かれていたような気もするし、もしかしたらそれを見ていて尋ねる必要がなかっただけかもしれない。けれど、おれと同じ理由だったらいいのにと思うこともある。実際、あの人はおれのことをいつも名前ではなく「君」と呼んだ。あの人がおれに向かって紡ぐそのありふれた呼称は、世界でたったひとつの宝物を扱うように優しくて、繊細で、特別な響きがした。

そのように、ある意味「特殊」な関わりの結果として、この現代社会においては稀《まれ》なレベルでこの「人捜し」は困難を極めた。それでも、おれにははっきりと、「鈴代凪」の文章が、記憶の中のあの人の言葉と同じ温度を滲ませているように感じられた。そうして、あの人は「物語」を紡ぐことをやめたりしない。これは勘でもなんでもなく、ただおれの記憶が「知っている」ことだった。必要不可欠な栄養素を吸収するみたいに、あの人の紡ぐ物語を聞いて生きていたから、わかるのだ。

休憩時間の終わりを告げる腕時計のアラームが無情にも響き、おれはもう一度ため息をついて手元のファイルを引き出しの奥に押し込んだ。

「は、腹減った……」

神社仏閣に囲まれた、穏やかな街には不似合いな呟きが零れた。相棒の腕時計が指すのは午後十時五十分。担当作家さんの懇親会《こんしんかい》に呼ばれ、ついさっきまで古都の風景に溶け込んだ格調高いホテルに場違い感満載で紛《まぎ》れ込んでいた。立食形式の会だったはずなのだが、駆け出し編集者に一流ホテルのディナーを楽しむ余裕などない。名刺入れに詰め込んできた名刺を配り歩き、作家先生への情報提供や意見交換に努め、訪れた人の顔と名前をひたすらにおぼえ……そんなことをしているうちに、時間と豪華料理の香りはおれの脇を呆気なく通り過ぎていった。そして、今に至る。

「なんで、こんなに閉店尽くしなんだ……」

駅までの道を歩きながら、ラーメンの一杯でも掻き込みたいと辺りを見回すものの、古風な町家風の飲食店が並ぶ商店街はすでに大半の灯りが消え、ひっそり閑《かん》としている。神や仏が集合住宅ばりに随所に鎮座《ちんざ》しているらしいこの街には、「商売気」というものが存在しなくてもやっていける加護があるのだろうか。まだ終電前だというのに、居酒屋ですら閉店間近って、どういうことだ。

「はぁ……ついてないときって、こんなもんなのかな……」

思い出の中に居続けている人を見つけたい。なんでもいいから飯を食いたい。そんなに大それたことを願っているつもりはないのだが、どちらの願いも叶えられそうにない。かと言って、誰を恨むわけにもいかない。重い足を引きずるようにして俯き加減に歩いていると、曲がり角を一本間違えたのか見覚えのない路地に入り込んだ。

この辺りの土地に特有の、「うなぎの寝床《ねどこ》」と呼ばれる間口の狭い町家づくり。その家屋が並ぶ道の先に、ぼんやりとした灯りが見えた。近づくにつれ、古風な提灯《ちょうちん》の下に立つ、背の高いシルエットが徐々《じょじょ》にはっきりと浮かび上がる。

「……大丈夫、ですか？」

穏やかな声で、黒々としたシルエットが話しかけてきた。空腹で霞がかかったような思考を振り絞り、力の入らない顔を上げる。

足元に置かれた木製の棚に並んだハーブの小鉢。表情にどこか愛嬌のある、黒い招き猫の置物。そして、不思議そうにこちらを眺める、夜の帳に微かに零れる月明かり星明かりをすべて引き寄せ浮き上がるような、美しい風貌の青年。

「………っ、あ」

見覚え、しかなかった。一瞬、自分の歩んできたそれほど短くはないはずの年月を潔く見失う。まだらな影が不安定に視界を揺らす朧月夜、今にも（空腹で）力尽きそうなおれが、最期の願望として暗闇のスクリーンに映し出した幻想か。そう訝《いぶか》しんでしまうほど、青年の姿はおれが描き続けた輪郭と色彩を保っている。物語の中から抜け出してきたような、どこか現実感に欠けるほどの美しい顔立ちも、宝石のような深い色の瞳も。季節柄なのか、なぜかべろりと型崩れしたはんてんのようなものを着ている点だけが彼を覆う美しさのベールの中では少し異様に思えたが、その下から覗く黒いタートルネックのセーターと細身のグレーのズボンはあの頃いつも身につけていたものと同じ。記憶の中に生きていた、美しい「あの人」が、大げさではなくまったく変わらない姿かたちで目の前に立っていた。

「……あ、の……」

「ずいぶん疲れているようだけど、大丈夫？」

その視線は、単なる通行人に向けるものよりはいくらか親し気で温かいものではあったが、おれが見返す温度と同じではない。そんな気がした。そうして、すぐにそれも無理はないと気づく。おれの時間は動いている。スーツの裾は余っているし、ネクタイの長さ調節にもいつも苦心するけど、それでもおれは、ランドセルを背負ってとぼとぼと歩いていた、あのときの子どもではなくなっている。

頭の中でとりとめもなく浮かんでは消え、掴もうとすれば霧散《むさん》する言葉の欠片と格闘していると、青年は心配そうに長身を屈《かが》めておれの顔を覗き込んだ。

「もしかして、具合でも悪いですか？」

「……あ、いや、腹が減っただけで……」

琥珀のように深い色の瞳に吸い寄せられ、思わず正直に答えると青年は目を瞬いてふっと表情を緩めた。

「じゃあ、何か食べていきますか？　そろそろ閉めようと思っていたけど、貸し切りで延長しますよ」

「……え、ここ、店なんですか？」

ぼんやりと浮かび上がる戸口には、たしかに洒落た風合いの暖簾《のれん》が掛かっていた。青年は暖簾を下ろしかけていた手を止め、ふっと柔らかく微笑むと落ち着いた所作で引き戸を開けてくれた。

「どうぞ。お酒と料理と古書……『君』が好きなのは、どれですか？」

暗闇に慣れた目に、落ち着いた色合いの店内を満たす暖色の光が滲む。何度も何度も、頭の中でなぞり続けた優しい響きが、冷えた身体を馬鹿みたいに呆気なく温めていく。視界が覚束なく揺らいでいるのは、眩しいからだ。

「……おれが、好きなのは」

あなたの紡ぐ、出鱈目で優しいお伽噺です。

どんな美酒よりも心を酔わせて、どんな料理よりも身体に、細胞に染み込んで、おれを生かしてくれる物語です。

そんな言葉を紡いだら、この青年はどんな表情をするのだろう。古びた図書館に通い続けていた平凡なひとりの子どもは、今もまだこの美しい人の記憶の片隅に居るのだろうか。

「……あったかくて、『普通』の………料理です」

日常に紛れ込んで、見過ごしそうな温かさ。ずっとあるから気づかなくて、でもなくなったときの寒さに驚く。そんな温度を、おれは知っている。

「いいね。じゃあ、とびきりの『普通』を」

青年はふわりと微笑み、手元のコンロに向かって手際よく調理を始めた。繊細な指先はゆったりと空気を撫でるように動くのに、あっという間に目の前にはふっくらとした白身の魚をのせ、三つ葉とゴマの香りで彩った出汁茶漬け《だしちゃづ》けが差し出された。

「………うま……」

舌先に触れた瞬間から、旨味《うまみ》と温かさが溶け出して身体中を満たすようだ。気の利いた感想すら暖色に塗りつぶされるようで、ただぽつりと呟きながら出汁を吸った飯を掻き込む。青年はそんなおれを満足そうに眺めて表情を緩めた。

「今日は、お仕事？」

「……え、はい」

「何をしているの？」

「あ、小説の編集です。出版社に勤めてて」

「へぇ、編集者さんか」

青年はおれの返事を聞いて、目を瞬き、少しだけ宙に視線を彷徨《さまよ》わせた。それから意外にも、おれのターンを待たずに、自分からその言葉を紡いだ。

「……おれも、小説を書いたことがあるんだよ」

温かな椀の中に、告げるべき言葉の欠片を探していたおれは弾かれたように顔を上げた。

この人物がおれの記憶の中に棲み続けている美しい青年であること、そして、謎多き作家の「鈴代凪」であること。この二点についておれ自身はほとんど確信していたものの、あれほど周到に居場所を眩ませていた謎の作家が、そう簡単に素性を明かすはずがない、とも思っていた。だからこそ、この問答に持ち込むまでにはそこそこの長期戦が必要だろうと覚悟をしていたのだが。

「……知って、います。鈴代凪、先生……ですよね？」

茶漬けに魅入《みい》られていた手を止め、箸を揃えて置いてから尋ねた。おれの知らない、この人の名前。柔らかな出汁の味に染められていた舌先が、緊張の苦みを拾う。青年は驚いたようにおれを見返し、すぐにふわりと微笑んで頷いた。

「そうだよ。よくわかったね」

意外なほど呆気なく、その返事は零れ落ちた。信じられないという気持ちと同時に湧き上がるのは、おれのあずかり知らない何か大きなものの上で、必然的に導かれたような、やっと辿り着けたような、正体不明の安堵感《あんどかん》。不可思議な感覚は、満足そうにおれを眺める美しい瞳の色に溶かされ、考えようとする思考の先に沈んでいく。

「……あの、また来ても、いいですか？」

先手を打たれて逃げられないうちにと振り絞《しぼ》った一言は、一社会人の交渉、というよりは、思春期の少年の的外れなアピールみたいな声色で、我ながら可笑しくなった。「鈴代先生」はそんなおれの葛藤《かっとう》も心の内も、簡単に見透かすように印象的な瞳を優しく細める。

「もちろん。ご飯を食べに来るのも、お酒を飲みに来るのも、もちろん本を読みに来るのも、大歓迎」

微笑んだその表情がとても綺麗で、不覚にも喉元が熱くなる。不慣れな感覚を払いのけるように、慌てて茶漬けを頬張った。

「……熱っ……。あ、ありがとうございます。おれの好きなものばっかり……」

猫舌のダメージにもごもごと口ごもりながらそう答えた。思考はちっとも追いついてこないけれど、身体の感覚は、意外なほど素直に染み込む温かさを受け止めていく。ずっと待ち望んでいたもののように。

「ふふ、そう言ってもらえると嬉しいな。……本が、好き？」

穏やかな夜の闇に、月が零した銀の光が溶け込んだような髪色を透かして、印象的な瞳がこちらを見返す。記憶の中の図書館で、初めて会ったときと同じ質問だ。

「……好きです」

手元からふわりと立ち上る湯気に溶けそうな声で答えた。この街は神も仏もそこら中に居を構えている。だからなのだろうか、ずっと世界の片隅に放り出されて転がったままだったおれの願いは、ひとまとめにして叶えられた。


そして、現在。

「おーい、柴」

食堂のラーメンを啜《すす》りながら、なんとなく窓の外を眺めて懐かしい風景を思い出していると、元気のよい声がおれの名前を呼んだ。

「おー、お疲れ」

こちらに向かって歩いてくる二人の同期に向かって軽く手を挙げて答える。営業部の高《たか》原《はら》優奈《ゆうな》と第二編集部の山岡《やまおか》千穂《ちほ》。二人は入社当時から仲が良く、部署が離れた今でもよく一緒に飯を食っているところに出くわす。面倒見のよい姉御肌《あねごはだ》気質の高原と、おっとりした性格の山岡は一見正反対の性格にも見えるが、どちらも仕事に対する熱量はかなりのもので、芯が強く、いつも前向きなところもどうやら波長が合うらしい。仕事の息もぴったりな、頼もしいナイスコンビだ。

「なんか柄《がら》にもなくアンニュイな表情してたけど、どうかした？」

高原は屈託《くったく》なくそう言いながら、サラダとオムライスのプレートを向かいの席に置く。

「……柄にもなくって言うな。ちょっと考えごとしてただけだよ」

相変わらず清々しく歯に衣着せない同僚に苦笑しながら、おれは高原の隣で親子丼の盆を持って穏やかに微笑んでいる山岡のために、椅子に置いていた資料を除けて席を空けた。

「秋は人恋しい季節ですもんね」

山岡は落ち着いた所作で空いた席に座り、緑茶の入った湯呑を両手で包み込みながらそう言った。

「いや、別にそういうのでもないんだけど」

「どうせ晩御飯のことでも考えてたんでしょ」

「いくらおれでも、昼飯のラーメン食いながら晩飯に思いを馳《は》せたりはしない」

にやりと笑いながらオムライスにスプーンを入れる高原にささやかな抗議を返すと、山岡はそんなやり取りを見てふふっと楽しそうに笑った。

「あ、そうそう。ちょうど柴にお願いあってさ」

「なに？」

「実はね、近々市内の大型書店が協同で『ご当地小説フェア』みたいなのやるらしくてさ。SNS中心に呼びかけもするみたいだから、けっこう協賛増えそうなんだよね。せっかくだから早めに営業かけにいこうと思って。後でメール送るから、売り込めそうな作品のリスト挙げてくんない？」

「へぇー、おもしろそう。けどまだ公式にはアナウンス出てなかったよな？」

最近はネット通販や電子書籍の普及もあって、書店でも積極的なPRやイベント企画の重要性が増している。営業部は書店営業や広告営業を中心に自社の出版物を売り込んでいくことが仕事だから、特に書店さんとのつながりでは会社の「顔」となって、こういった企画のサポート役を担うこともある。ときには綿密な情報収集の上に立ち、ときには体当たりで、本と人とをつなぐ道を模索する。出版業においてなくてはならない役割だ。

「まぁ、そこは優奈さんのネットワークの賜物《たまもの》ですよ」

高原はオムライスを頬張りながら得意そうにそう言う。そんな彼女のドヤ顔を微笑みながら眺めていた山岡は、「優ちゃんは本当にフットワーク軽いからすごいよね。書店員さんともすぐ仲良くなっちゃうし、ＳＮＳ戦略も上手だし」と言いながら高原のサラダに箸を伸ばした。

「千穂。ミニトマトが欲しいならそう言いなさい。あんたの褒め殺し作戦はだいたい食べ物目当てなんだから」

高原は呆れ顔でそう言いながら、手つかずのサラダを山岡の方に押しやった。

「まぁ、たしかにすごいよな。高原っていつも動き回ってるし」

「いつも誰かと話してるし」

「……単に落ち着きのないやつみたいに言わないでよ」

先ほどとは打って変わって不満げな表情でそう呟いた高原を見て、おれと山岡は「まぁまぁ」と言いながら少し冷めた飯を頬張った。

窓の外には、ここ数日の冷え込みで急に葉を散らした寒々しい街路樹の並ぶ大通り。眺めている景色はあの頃の方が綺麗だけれど、今のおれの周りにはちゃんとこちらに届く声がある。同じ「好きなもの」を持って、あーだこーだと言い合いながら一緒に闘う人たちがいる。ふと、さっきまで思い出していた記憶の中の声が聴こえた気がした。

――「本を、好きになれるといいね」

そうだな。好きになってよかったな、と思った。あの頃の教室と同じように、笑い声や話し声で溢れる食堂。それでもとりとめのない雑多なリズムはあの頃よりもずっと親し気で温かくて、話している間に冷めて少し伸びてしまったラーメンも、今日はちゃんと美味いと思える。


「同期のご飯会？　楽しそうだね」

仕事帰り、いつものように閑古鳥《かんこどり》の鳴く店内のカウンターを占領し、湯気の立つ茶粥《ちゃがゆ》を啜りながらスマホで居酒屋を探すおれを眺めて、凪が嬉しそうに話しかけてきた。ほうじ茶の香ばしい香りと、塩のきいた小粒のあられや塩昆布、梅干しのトッピングアラカルトで、素朴なのに飽きない味だ。

「んーまぁ楽しいけど、結局毎回、店の予約おれに押しつけるだろ」

「そう言いながら毎回ちゃんと探してるよね。今度は何食べに行くの？」

「高原が会社の近くにできた沖縄《おきなわ》料理の店行きたいって。そこまで決まってるんなら自分で予約すればいいのに……」

ため息をつきながら、グルメサイトで目当ての店を探して画面をスクロールする。同期と言っても今は部署もバラバラだからあんまり集まる機会もなかったのだが、今日久しぶりに二人と話した成り行きで、「久しぶりに同期飲み会しようよ」という流れになった。開店休業状態だったSNSのグループトークで連絡を取った結果、賛成多数で開催が可決された。

「柴の会社って、みんな仲良いよね」

「あー、そうだな。蒼井以外」

「同期の人もみんないい人そうだよね」

「んー、そうだな。蒼井以外」

予約日時を打ち込みながら適当に相槌《あいづち》を打つと、凪は可笑しそうに笑った。

「蒼井くんは来ないの？　同期会」

「いや、来るんじゃないか？　あいつ別に付き合い悪いわけじゃないし。目つきと性格は悪いけど」

「今頃くしゃみしてるだろうなぁ……」

凪はカウンターの向こうで湯呑に緑茶を注ぎながら肩をすくめる。なんだか嬉しそうだ。

「柴が就職してもう五年も経つんだね」

まるでずっと見てきたみたいな言い方。入社二年目に、おれに「たまたま」見つけられただけのくせに。

「まだ五年だよ。まだまだ現場じゃ経験浅いって思われるし、まぁ実際そのとおりだしな。もっとキャリア積まないと」

凪の言葉のニュアンスはスルーして、おれは茶粥を啜りながらそう言った。舌先を暖色に染めるような温かさと、絶妙の塩味が昼間の疲れを呆気なく癒していく。

「でも、ずいぶんしっかりしてきたと思うけど。貫禄《かんろく》が出てきたっていうか」

「……もしかして、おれ太った？」

おれの社会人生活と、凪の店での常連歴はほぼほぼイコール。さすがに毎日来ているわけではないけれど、実際かなりの頻度《ひんど》でこれだけ胃袋を甘やかされているとなれば、「貫禄」の二文字はどうしても嫌な方のイメージに聞こえてしまう。おそるおそる聞き返したおれに、凪は小さく噴き出した。

「そういう意味じゃないって。なんかね、自信がついてるように見える。初めて会ったときもずいぶん疲れてるみたいだったけど、一年目なんかもっと大変だったんじゃない？」

「いや、あのときは腹が減ってただけで……。けど一年目はまぁ、たしかに大変……だったな。仕事おぼえるのに必死で、家には寝に帰るだけって感じで。休日も書店まわって本に齧《かじ》りついてさ、給料ほとんど本に消えてた」

言いながら、その頃の生活を思い出して苦笑した。早く一人前になりたくて、文字どおり躍起《やっき》になっていた。気持ちは逸《はや》っても方法やポイントなんてまったくわからないものだから、とにかく手当たり次第にすべてを吸収しようとして、頭も身体も完全にキャパオーバーだった気がする。正直、あの一年ほどの間だけは、あの図書館でのできごとも、ほとんど思い出すことがなかったかもしれない。それくらい、おれは「社会人」という身分と、この仕事に自分を馴染ませることだけに必死だった。その年の終わりに、「鈴代凪」が大手出版社の文学賞を受賞し、脚光を浴びるまでは。

「よく頑張ったね」

凪はそう言って、美しい目元を細めて誇らしげにおれを眺める。なんでおまえが嬉しそうなんだと言ってやりたいのだが、こういう表情でおれを眺めるときの凪の顔はいつにも増して綺麗すぎて、おれの適当なツッコミなんて声になる前に呆気なく消し飛ばされてしまうから本当にタチが悪い。

「……どうも」

配分をミスって少しだけ小皿に残ってしまった塩昆布をちびちびとつまみながらぼそりと返すと、凪はふっと微笑んで、それから少し遠くを見るような目になった。

「それだけ忙しかったから……他のことを考える余裕なんてなくて当然だよね」

「……ん？」

なぜか自分に言い聞かせるように呟かれた凪の言葉を拾い損《そこ》ねて、顔を上げる。凪はすぐにいつもの表情に戻って、「なんでもない」というように小さく首を振った。

「そういえば、凪の受賞もその頃だったよな」

白々しく、さも今の話の流れで思い出したように切り出した。本当はずっとおぼえている。頭でだけじゃなくて、身体全部で。忘れられるはずがない。作家の写真もコメントすら載らなかった、異色の受賞。それでもその作品を読んだとき、すぐに気づいた。あの古ぼけた図書館の、床の質感、閲覧室の色彩、独特の紙の匂い、そしてどこまでも優しく、掴みどころのない透き通った声……そのすべてが呼び起こされた。あの時間を「もう一度」見つけたときの感覚は、今でもまだ鮮明だ。

「うん、そうだね」

「受賞から三年……作家の登竜門《とうりゅうもん》を越え、龍と成った才能が再び飛翔する……！　って感じで、もう一回応募してみないか？　うちはタイアップ型のコンテストが多いから単独の文学賞のイメージあんまりないかもだけど、来年は著名作家の没後何周年、なんかを銘打《めいう》った大きめの募集もいくつかする予定だし」

「そのキャッチコピーかっこいいね。柴が考えたの？」

「……この間読んだ文芸誌にあったのパクった」

「はは、正直。龍っていえばさ、最近この近くに金龍《きんりゅう》ラーメンって店ができたよ」

「華麗に話を逸らすな！」

いつもどおりに、暖簾に腕押し程度の手ごたえすら感じられないやり取りにため息が零れる。あんなにおれの成長（してるんだかどうだかわからないけど）を喜ぶ心がありながら、この男はなぜこうもおれの主張を黙殺し続けられるのか、そのアンバランスさの正体がいまだにまったく掴めない。

「ったく……。そこまで興味がないくせに、あんないい文章書くとか……才能って理不尽だよな」

ため息交じりにそう言いながら、おれは手元の湯呑から茶を啜る。深い苦みの緑茶には、今日も凪お気に入りの桜の塩漬けが仄かな春色を添えている。

「ほんと、柴も大変だねぇ」

「いや、おまえのことだよ。おれを大変にしてるのはおまえだよ……」

他人事感が半端ない凪の言葉に、疲れた声で返す。今まで数多の作戦を練っては撃沈《げきちん》しているのだから、まさかこんな世間話の流れで口説《くど》き落とせるとは思っていないものの、こうも響かず受け流されるとさすがに癪《しゃく》だ。凪とおれの温度差を思い知るみたいで。あの頃の「思い出」を理由に仕事を選び、住む場所を選び……ちょっと大げさに言えば「生き場所」を選んだおれに対して、凪はおれのことをおぼえているのかすら定かではない。まぁそれだって、はっきり聞いていない自分のせいでもあるし、凪がおれのことをおぼえていようがいまいが、おれが「やりたいこと」に変わりはないから、普段は別に気にしていないのだけれど。

「……でも、書いてよかったよ」

「ん？」

少し冷めた茶をやけ気味に啜ったおれの耳に、凪の声が届く。さっきまでの飄々《ひょうひょう》としたトーンと少し違う温度に聴こえるのは、茶粥で温まった体温のせいだろうか。

「書いてよかった。柴にも会えたしね」

「……」

「偶然」会えたから？　それとも、「また」会えたから？

尋ねてもしかたがないことだとは思いつつ、少し、零れそうになる言葉を茶の苦みと共に呑み込む。おれと、凪の「記憶」を重ねたって意味はないとわかっているのに。だって、凪は……。

「柴？」

優しい声色に名前を呼ばれ、おれは顔を上げた。

「……まぁ、凪がそう思うんならそれでよかったんじゃないか」

「うん」

嬉しそうに微笑んだ凪の表情を眺めながら、なんとなく手持無沙汰《てもちぶさた》な気持ちで、少し冷めてしまった茶を湯呑の中で無意味に揺らす。それから、自分の言葉を反芻《はんすう》する。

「……いや、よくない」

「ん？　どうしたの、柴」

「いやいや、『よかった』じゃないんだって。それはそれとして、もう一回書けって言ってるんだよ！」

「でも、もう書けないっていうか、書く必要がないっていうか」

「あるから！　おまえになくてもおれにはある！」

「柴が必要としてくれて嬉しいなぁ」

「やかましい！　今すぐ菜箸《さいばし》の代わりにペンを持て！」

ぎゃあぎゃあとしょうもないやり取りをする間にも、店の戸口を微かに鳴らす風の音はどんどん寒色になっていく。しばらく勝算のないまま粘《ねば》っていたものの、さすがに時間も遅くなったため諦めて帰ろうと鞄《かばん》とコートを引き寄せるおれに、凪は柔らかな表情を向けた。

「ねぇ、柴」

「なんだよ」

不毛な攻防《こうぼう》に疲れたおれのつっけんどんな言葉に、穏やかな声が重なる。

「よかったね。今の仕事に就けて」

「……………うん？」

「……本を好きになれて、よかったね」

本が読みたいのかどうかもわからなかったおれを無類の本好きにし、その挙句《あげく》編集者となったおれを性懲《しょうこ》りもなく惹きつけるくせに掴ませない。その張本人が紡いだ、この上なく的外れでどこまでも優しい響きのその言葉に、おれは苦笑しながら頷いた。

見慣れない路地裏の、小さな町家づくりの小料理屋。

ここには、美味い酒と温かな料理と、そこそこ貴重な古書がある。そして、おれの記憶から抜け出してきたような美しい風貌の店主、消息不明の忘れられた作家「鈴代凪」が棲んでいる。

思い出の中で、めくられるのをひっそりと待ち続けていた頁が誘うように小さな乾いた音を立てる。この静けさが似合う古都の路地裏でこの男を見つけたあのときから、温かく、不可思議な時間を綴《つづ》ったおれたちの物語は、ふたたび進み出したのだ。

起：泣き虫赤鬼のトモダチ大作戦

悲しい記憶は、自分の中に深く凍《い》てついて、離れない。

でもその冷たささえも和らげる、名もない奇跡のような温かさを知っている。


「柴先輩～……。助けてください～……」

手元の書類を捌き終え、一息ついたプチ残業中の午後七時。最近隣の編集部に配属替えとなった後輩の望月宗吾《もちづきそうご》が、悲壮《ひそう》な表情を浮かべながらおれのデスクに向かってきた。

「……ん？　望月、お使いか？」

「はい、編集長に資料頼まれて……ってそれより、柴先輩に相談あるんですよ」

望月はいかにもスポーツ選手然とした大柄な体格で、実際に大学ではラグビー部で活躍していたらしい。うちの出版社にはその実績を買われてスポーツ週刊誌枠で採用されたが、実は純文学に造詣《ぞうけい》が深く、今年の異動で文芸誌を中心に扱う部署に配属替えとなった。

フロアが同じで自販機エリアでよく出くわすこともあり、以前からおれをちゃんと「先輩」扱いして慕《した》ってくれている、可愛い後輩なのだ。

「どうした、どうした。先輩になんでも聞いてみたまえよ」

すでに退勤した同僚の椅子を拝借して手招きすると、望月はしっぽを振る大型犬のようにぴょんと弾《はず》んで寄ってきた。

「実は、今度飯田《いいだ》先生の連載を担当させていただくことになったんですけど……」

「え、歴史小説の飯田龍児《りゅうじ》先生？　すごいじゃん。望月、前から作品のファンだって言ってたもんな」

「いや、それが……。すごく光栄なんですけど、いざ担当させていただくってなったら柄にもなく緊張しちゃって……。しかも編集には厳しいっていうのも有名な先生じゃないですか。けど今回の作品は先生にとっても新境地なんで、なんとか早く打ち解けて、しっかりサポートしたいんですよね……」

「なるほど。気持ちわかるなぁ」

作品や作家へのリスペクトを忘れないまっすぐな後輩に、ついつい表情が緩む。入社二年も過ぎればいろいろと重圧も増え、情熱だけでは立ち行かない現実も知っていく時期だ。それでも、こういう気持ちは大事にしてほしいものだとなんだかしみじみとした気持ちで望月を眺めていると、背後から忍び寄る不吉な影が頭上にかかった。

「望月、相談する相手はちゃんと選べよ。『作家とつながるミッション』において、うちの出版社始まって以来の連敗記録更新中だぞ、こいつ」

同じく残業中で、ブラックコーヒーの調達に席を立っていたらしい蒼井が、要らぬ情報と共に帰還した。条件反射で眉間に皺《しわ》を寄せるおれとは対照的に、望月は人懐こい笑顔で「あ、蒼井先輩、お疲れ様です」と挨拶をした。

「……うるさい。おれが連敗してるの一人だけだから。それ以外はむしろ好成績だから」

「その一人の連敗具合がずば抜けすぎだろ。プラマイでマイナス確定。不名誉な金字塔《きんじとう》打ち建ててるよな、恐れ入るわ」

蒼井は手元のブラックコーヒーを啜り、にやりと口角を上げる。今日は、今このときまでおれに悪態つく暇もないほど作業に追われていたらしい。有能な人物は否応《いやおう》なしに仕事を引き寄せる。編集部随一とも言える蒼井の処理速度を上回るサイクルで、デスクに書類が積まれていく様は少々気の毒ではあるのだが、皮肉にもこいつが忙殺《ぼうさつ》されている間はおれの心の平穏が保たれる。

「……おまえ、残業で機嫌悪いからっておれで発散するのやめてくんない？」

後輩の前なのでいつもよりも「オトナな対応」を心がけ、引きつった笑顔で返したおれを、蒼井は絶対零度の視線で一瞥《いちべつ》した。全身から発するオーラで「構うのすら時間の無駄」って語ってるけど、先に絡《から》んできたのおまえの方だからな……。職場に大きな不満はないが、一つ要望を出せるとしたらマジで机の配置を変えてほしい。

「相変わらず仲いいですよね、先輩方」

望月はおれたちの氷点下の攻防を眺め、楽しそうに見当違いの感想を述べた。

「どう文脈を読んだらそんな結論になるんだよ……。まぁ、蒼井のことは置いといて、おれを頼って相談に来てくれた望月には、とっておきの『裏技』を伝授しよう」

おれを「先輩」と慕ってくれる望月と違い、「同期」として認めるどころか基本的人権すらガン無視の扱いを続ける蒼井に対しての皮肉を込めて不自然なトーンで強調表現を試みるが、蒼井は聞いているのかいないのか、早くも集中モードに切り替わった表情で流れるようにキーボードを叩いている。

「とっておきの裏技とは……」

期待のこもった瞳で身を乗り出す望月に、おれは特大の秘密を告げるように囁いた。

「美味い飯、食いに行ってこい。先生と一緒に」

「…………めし？」

「…………」

望月が覚束ないイントネーションで不思議そうに聞き返し、隣で蒼井が憐《あわ》れむようなため息をついた。

「それって、接待じゃないんですか？」

「んー。おまえの言ってる『接待』がどういうイメージかにもよるけど」

望月のことだから、多分最初から何も考えずにおれたちに頼ってきたりはしないだろう。そう思ったから、おれは望月の意見を促《うなが》すように少し間を取って首を傾げた。

「えっと……作家さんに美味《おい》しいものを食べてもらって、楽しんでもらって、創作意欲を高めてもらうというか……」

「ん、それはたしかに『接待』だな。もちろんそれが必要なこともあるけど、おれが言ってるのはちょっと違って、『楽しんでもらう』んじゃなくて、おまえ自身もいっぱい食って、いっぱい喋って、楽しんでこいってこと」

にっと笑ってそう言うと、望月は不思議そうに目を瞬いた。

「……それは、つまり『同じ釜《かま》の飯を食う』的な……？」

「そうそう、それそれ」

「え、でもそれって、作家さんに対して失礼になんないですか……？　おれたち編集が、作家さんと同等に楽しんじゃうとか……」

真面目な後輩は、少し、不安そうにそう尋ねた。「こいつの言うことを聞いて大丈夫か」という心情表現が浮かび上がるような表情豊かな瞳に、「素直だなぁ」と内心で笑みが零れる。

「そんな風に考えなくていいんだって。いいか、望月。おまえは飯田先生の作品のファンだし、作品は作家さんのものだ」

「…………？　はい」

「けどな、これからはその大切な作品を本に……いわば『商品』にする。それは作家さんだけじゃなくて、本に関わるみんなで作っていくものだろ。そのために、おまえは編集者として先生と一緒にチームの一員になる。チームのメンバーに、上も下もない。あるのは役割分担だけだ。小細工不要。『編集者』として、変に引かずに、ちゃんと向き合って話してこい」

「……チーム、ですか」

　学生時代をスポーツに打ち込んで過ごしてきた望月にとって馴染みのある感覚なのか、どこか不安げだった瞳は少しの光を帯びる。胡乱《うろん》な目でこちらの様子を静観していた蒼井が、小さくため息をついて入力の手を止め、デスクに立てかけてあるファイルから数枚のコピー用紙を取り出して望月に手渡した。

「……まぁ、青臭くも聴こえるけど飯田先生に関しては正解かもな。あの人は常々、多くの人の手に渡る本は、もう作家だけのものじゃない、って話をしてる。おれたち編集や、出版社の各部署、本のビジュアルに関わるデザイナーやクリエイター、校閲《こうえつ》や書店、それから読者。そういうすべての『手』に渡ってこそ生み出せるものがあるって、そういう認識で書いている。編集に厳しいっていうのも、それだけ真摯《しんし》に向き合って対等に議論をしてくれるからだ」

「あ、なんだよ。おまえちゃんと資料化してるんじゃん。さすが～」

　望月の手元を覗き込むと、そこには件《くだん》の飯田先生が受けたインタビュー記事の抜粋と関係資料があった。おれも蒼井も、仕事で関わる作家さんやクリエイターさんについての情報収集には骨身を惜しまない。人間誰にだって、その人なりのものの見方やポリシーなんてものはあって当然なのだが、こと表現活動を生業《なりわい》とする上ではその擦り合わせがより重要になってくる。道ですれ違う程度の間柄なら「まぁ、考え方なんてそれぞれだし」と割り切れる内容でも、共にひとつのものを創り上げるとなればそうはいかない。

だから、作品に込められているものはもちろん、その人自身が発した言葉からも、なるべくたくさんのことを吸収して、噛《か》み砕《くだ》いて自分の身体に馴染ませて、それでも必要な部分の議論は正面から向き合ってする。編集者にもいろいろなスタイルがあるから何が正しいのかはわからないけど、少なくともおれはそうやって作家さんたちと関わってきた。言ったら鼻で笑われるか鬼の形相で睨まれるかの二択だろうから口に出したことはないが、おれはたぶん蒼井も、同じような感覚を持っているんだろうなと思うことがある。得た情報を「感覚」として身体にため込んでいるだけのおれと、整然と資料化して適宜《てきぎ》活用している蒼井との違いはまぁ、置いておこう。

「情報源ほとんど豆柴だけどな」

蒼井はクリアファイルを元の位置に戻しながら無表情で言う。他人になんか興味のないような顔をして、こいつは基本面倒見が良い。今も自分の仕事で手いっぱいのはずなのに、一生懸命な望月のことを放っておけなかったんだろう。おれに対しては、きっちり一言多いけど。

「マメシバ言うな」

いつもどおりのツッコミを投げつけたところで、蒼井から手渡された資料を壊れもののようにそっと受け取り眺めていた望月が顔を上げ、キラキラとした目でおれと蒼井を交互に見比べた。

「先輩、本当にいろんな作家さんのこと把握《はあく》してるんですね……！　すごい」

「まぁ、こいつの数少ない取り柄《とりえ》の一つだからな。見た目も言ってる内容も胡散臭い偽物《にせもの》アオハル高校生みたいだけど、その取り柄は信用できる。たぶん」

蒼井が珍しくおれの手腕を認めるようなことを言うので、デフォでつけ足された失礼な内容は聞き流しておれは表情を緩めた。

「昨年、飯田先生の映像化記念パーティーに参加させてもらったからな。たまたまだよ、たまたま」

「まぁ、それはそうだな。本当ならおれらみたいなペーペーが行けるイベントじゃなかったのに、部署内でインフルエンザが流行って、手空いてたのがこいつくらいだったから派遣されたんだ。ただの体力馬鹿だから別に感謝はしなくていいぞ」

「おまえだってひとりで涼しい顔して生き残ってたじゃねーか！　同類だ、同類」

「おれは日頃の行いが良かっただけだ」

「……本当に行いが良い奴は、そんな肩書き自称しないんだよ」

呆れ声で呟くと、望月は何かを決意したように勢いよく椅子から立ち上がった。

「ありがとうございます！　おれ、自分でももっと先生のこと知って、信用してもらえるように頑張ってみます！」

「お、いいね。その意気だ。安心しろよ、おまえがちょっとくらい失敗したって、美味い飯がなんとかしてくれる。一緒に美味いものを食って笑い合えば、きっと素直になれるから」

にっと笑ってそう言うと、望月は目を瞬いて、それから笑顔で頷いた。

「そうですよね！　一緒に飯を食うって、やっぱり大事ですよね！」

すっかり元気が戻ったようで、力強く拳を握りしめながら大きく頷く。もともとパワーのある奴だから特に心配はしていなかったけど、こうしてわかりやすく元気になってくれるところもなんだか可愛い。ほのぼのとした気持ちで眺めていると、蒼井がブラックコーヒーを啜りながら、

「体育会系全開なのもおまえの取り柄だけど、いきなり飯はハードル高い作家さんも多いから、そこはちゃんとリサーチしろよ。柴はなんも考えてなさそうな顔してるけど、飯田先生はそういうコミュニケーションOKな人だっていう情報ちゃんと持ってて勧めてるから」

という的確なフォローを入れ、望月の今後のためにきちんと釘を刺し、ついでにおれを軽くディスってくれた。相変わらず器用な奴だ。

「はい！　先輩方、本当にありがとうございました。おれ、これから美味そうな店探しに行ってきます。作戦成功したら、今度一杯付き合ってくださいね」

「もちろん。いい報告待ってるぞ」

「下見で食いすぎて腹壊すなよ」

おれと蒼井の声を背に、望月は力強い足取りで背筋を伸ばして歩いていった。

帰り道、近所のスーパーで普段はあまり手にしない新鮮な野菜や卵、よくわからない部位名が書かれた肉のパックなどを吟味しながら、懐かしい物語を思い出す。

比較的遅い時間にもかかわらず、周囲には親子連れの客もちらほらと見られ、お菓子や総菜をねだる子どもたちの声が聞こえてくる。「これが欲しい」とまっすぐに伝える可愛らしい声に、幼い頃の記憶が重なるような気がした。

——「これを読んで」

おれがねだるのは、食べものではなくて物語。親にではなく、図書館の書架の奥、ひっそりと静かな閲覧室の隅にいる美しいあの人に。腹が減ったとお菓子やご飯をねだる子どもたちのそれと同じように、あるいはもっと切実に貪欲に、おれはその人が紡ぐ「物語」の時間を欲した。

でも一度だけ、読んでもらうのを渋った昔話があった。あのお話を聞いていなかったら、おれは今日望月に「裏技」を教えてやることはできなかったかもしれない。もしかしたら、こうして子どもたちの声を聞きながら微笑むことさえもできなかったのかも。

ずっしりと現実的な重みを伝えるレジ袋を揺らして自動ドアをくぐり、ひんやりとした空気に頬を撫でられながら見上げる空には、小さいけれどたしかな光を放つ一番星が輝いていた。

「……別の本にしようかな」

ずしりと重いランドセルを足元に置き、一度は手に取った本の表紙を眺めながら、小学生のおれはぽつりと呟いた。

「あれ、珍しい。『今月のおすすめ本』は、それで制覇《せいは》できるのに」

美しい人は、相変わらずどこか掴みどころのない表情で微笑み、おどけたようにそう言った。図書館の児童書コーナーには、季節ごとの装飾を施した「今月のおすすめ本」というポップが掲示されている。今は二月。可愛らしくラッピングされたチョコレートの包みが散らされたピンク色の飾りつけもあれば、雪うさぎや升《ます》から溢れた小さな豆を描いた色画用紙もあったりして、なんだか賑やかな壁面だ。

「おすすめ本」はほとんどが月ごとの行事やイベントに関連した昔話、伝記、小説、クイズや雑学。いろいろなジャンルのものが毎月ピックアップされ、月初めに来館したときにスタンプカードをもらえるのだ。貸し出しでも館内の読書でも、「この本を読みました」とカウンターのおばさんに声をかけるとカードにスタンプを押してもらうことができ、おすすめ本をすべて読んでスタンプを集めると記念のしおりと賞状がもらえる。

おれはいつも、そのおすすめの中から本を選んで青年のところに持っていき、彼にお話を読んでもらっていた。図書館に通い始めてから、「おすすめ本」を制覇しなかった月はなかったから、青年は今月ラストの一冊を渡し渋るおれを、少し不思議そうに眺めて首を傾げた。

「そのお話、もう知ってるの？」

促すでも問いただすでもない、よくわからない声色。それでもすでにこの声が紡ぐ物語の優しさは知っていたから、おれは素直に首を横に振った。

「……話は、知らない。でも、タイトルが……」

「タイトル？」

口ごもるおれの表情を覗き込むように、青年は身体を屈めて手元の絵本に触れた。長く繊細な指先が、迫力のある赤い鬼の輪郭をなぞるように表紙を滑る。

「『泣いた赤鬼』」

静かで、でも辺りの空気をそっと震わせるような声。耳元で響くとまるで何かの呪文みたいに身体にするすると入り込んで、普段は身体の奥に縮こまって外に出たがらないおれの「言葉」をそっと撫でてくれる。手を差し伸べて、「こっちにおいでよ」と微笑むように。だからこの人の前では、他の場所では言えないこともずいぶん素直に伝えることができていた。

「このお話は……赤鬼が泣いてしまうんでしょう？　おれ、誰かが泣くのは嫌なんだ。見たくないし、聞きたくない」

消え入るような声だったけど、こんな気持ちを人に向かって零したのさえ、たぶんこの青年が初めてだった。

記憶の奥底にぼんやりと残っている、冷たい痛みがじわりと沁《し》みる。

母がおれを置いて家を出ていった日、彼女はおれを見て「ごめんね」と呟き、止まることのない涙を流した。

図工で描いた似顔絵と、似顔絵発表会の参観プリントを渡したとき、父は「ごめんな」と言っておれの髪を撫で、初めて見るような大粒の涙を浮かべた。

大切な人の涙は、おれの記憶に染み込んで、湿って、冷たい温度で心を満たす。

誰かの涙を見るのが嫌だ。大切な人が、おれを見て泣いた、あの涙を思い出すのが嫌だ。大好きなのに、笑っていてほしいのに、おれは大切な人を泣かせてしまう。「ごめん」と言わせてしまう。そのくせ涙の理由もわからず、それを止める術《すべ》も持たないから、結局何も言ってあげられない。どうしようもない、ダメな奴だ。

美しい青年は、絵本の縁を握りしめるおれをじっと眺めて、それから少し宙に目を泳がせた。色素の薄い、琥珀色の宝石のような瞳が空気の流れを追うようにゆらりと揺らめく。

「じゃあ、しょうがないね」と微笑むと思ったその人は、意外にもいたずらっ子のようににっと笑って肩をすくめた。

「まぁ、そう言わずに。赤鬼も頑張るみたいだから、見守ってあげなよ」

「…………」

青年は、いつになく強引におれの手から絵本を抜き取り、組んだ膝の上に置いて物語の世界の空気を追うように目を伏せた。最初のページがめくられる。厚めのページが擦れる乾いた音が、静まり返った館内に響く。いつもなら心が弾む、物語の幕開けだ。

故郷を出て、親友の赤鬼に会うために旅に出た青鬼。赤鬼と再会し、赤鬼がひとりで寂しい思いをしていること、村の人間と仲良くなりたいが、鬼は人間に怖がられているから気軽に里に下りていけないことなどを聞く。青鬼は、赤鬼と人間が仲良くなれるための作戦を考えることにした。

「……そんなの、無理じゃない」

ページがめくられる間に、思わずぽつりと呟いた。里の人たちは、別に寂しいわけじゃない。自分たちにはもう仲間もいるし、里の暮らしにも慣れている。……おれの学校と同じだ。寂しいのは、ひとりでやってきた赤鬼だけ。今さら仲間に入れるとも思えない。

「無理かどうか、青鬼の作戦を拝見、といこうか。村の祭りが近づいた頃、青鬼は夜な夜な村に出向き、山で採った唐辛子《とうがらし》を、こっそりみんなの鍋に塗り込んでおきました」

「……おれ、辛いの苦手」

「村の人も苦手だったんだよ。さて、お祭りだというのにできた料理は唐辛子味。村の人たちは途方に暮れてしまいました」

「そこに青鬼が現われて言いました。実はちょうど山で鬼の祭りをやっているのだが、今年は唐辛子が不作で辛い料理が作れない。鬼の首領《しゅりょう》は辛い物が大好きなのに困ったことだ。もし、唐辛子が村にあったら分けてほしいのだが。お礼にこれからは首領が村を一緒に守るし、唐辛子抜きの料理でよかったら振舞《ふるま》おう」

「青鬼は口がうまいんだね……」

「赤鬼のために、一生懸命考えたからね。だって、赤鬼はとっても優しいから、誰かがケガをしたり喧嘩《けんか》をしたりしたら悲しむだろう？　そうならないために、青鬼はたくさんたくさん考えたんだ」

「そっか……。でも、村の人は怖がらなかったの？」

「怖がったさ。でも、お祭りができなくて神様に怒られるのはもっと怖いからね。最初は恐る恐る、唐辛子入りの料理を差し出したんだ」

青年は肩をすくめてそう言うと、再び絵本に視線を落として物語の続きの時間を紡ぐべくすっと息を吸った。

「青鬼は丁寧にお礼を言い、それから赤鬼を呼びました。赤鬼は、この日のために頑張って準備していたとっておきの料理を両手いっぱいに抱えて、そわそわしながら村に下りてきました。お祭りのための料理はもちろん、子どもたちのためには餅《もち》や団子、しばらく食べ物に困らないように魚の燻製《くんせい》、たくさんの山菜もありました」

「美味しそう……」

美味そうな食べ物の登場に、不覚にも少し身を乗り出してしまうと、そんなおれの様子を見て青年は可笑しそうにくすりと笑った。

「村人たちは驚きました。鬼は人を食べるものだと思っていましたが、こんなに美味しそうな料理を作ることができるなんて。そうして、こんなに優しい表情で子どもたちが団子を頬張る様子を眺めているなんて。自分たちは、会ったこともない鬼のことをずいぶん誤解して怖がっていたんだなと、少しずつ気づく人が増えてきました」

「威勢《いせい》のいい若者が、まずは鬼に礼を言いました。鬼は嬉しそうに微笑んで、こちらこそ美味い料理をありがとう、よかったら一緒に食べてもいいですかと尋ねました。最初はひとりふたりだった鬼との宴も、楽しそうな声が響くうちにだんだん寄ってくる人が増え、次第に村中の人々が一緒にご飯を食べて村で作ったお酒を飲むようになりました。楽しそうな赤鬼の様子を見て、青鬼は安心しました。自分はいつもここにいることはできないけれど、赤鬼はもう寂しくはないだろうと思うことができました。青鬼が故郷に帰る日、赤鬼は何度もありがとうと言って涙を零しました。青鬼は、そんな優しい赤鬼のことがやっぱり大好きだなと思いました。必ずまた会いに来るよと約束をして、遠い遠い故郷に帰っていきました」

「……赤鬼は悲しくて泣いたの？」

　村の人たちと仲良くなれて、もう大丈夫だと思ったのにやっぱり赤鬼は泣いてしまった。おれは少し恨めしい気持ちで青年を見上げる。青年はおれの視線に気づいたようで、絵本から顔を上げて柔らかく微笑んだ。

「青鬼とさよならするのは寂しいからね。でも、それだけじゃない。心があったかいとね、誰かのことを想ったり、ありがとうと思うときにも涙が零れることもあるんだよ」

意外な言葉に、おれは目を瞬く。

「……泣くのは、悲しいときだけじゃないの？」

「そうだよ。ありがとう、これからも元気でいてね……大好きだよ。そういう言葉が溶け込んだ涙だってあるんだ」

その言葉は、おれの記憶の中にある痛みを信じられないくらいに優しく撫でてくれた。母が流した涙も、父が流した涙も、そうだったのだろうか。そうだったと、思ってもいいのだろうか。赤鬼が零した大粒の涙を思い浮かべると、その揺らめきに引き寄せられるように、押し込めていた記憶が微かに動いた。

――桜《おう》くんは、本を読むのがじょうずだねぇ。

そう言って頭を撫でてくれたのは、母だった。たしか、保育園の頃にイトコのお兄ちゃんにもらった絵本を読んだときだった気がする。本当は文字を読めていたわけじゃなくて、お兄ちゃんが読んでくれた言葉の響きをおぼえただけだったのだけれど。でも、そのときの母の嬉しそうな表情を忘れていない。忘れていないことを、思い出した。

――お父さんのこと描いてくれたのか。いつも参観に行けなくて、寂しい思いさせてるのになぁ。頑張らないとなぁ。

父が浮かべた見慣れない涙に、きっとうまく描けていなかったんだと思った図工の似顔絵は、それからずっと、父の部屋に飾られている。

優しい声色で綴られた出鱈目な物語は、ずっとおれの記憶の表面を覆っていた、濁《にご》った水膜をそっと撫で、その奥底に沈んでいた風景を掬い上げた。そうして、おれは大切な人たちを悲しませることしかできないのだと刻印づける透明な雫のイメージは、氷の刃のような感触を溶かして鋭かった形を和らげ、今まで纏うことのなかった柔らかな色の光を揺らめかせて心に染み込んでくるような気がした。

　この人の言葉は、おれの中のいろいろなものの色を変える。温度を変える。何も知らないはずなのに、隣でずっと見ていたみたいに本当に欲しいものをくれる。

「……安心した？　赤鬼がみんなと仲良くなれて」

　ふっと微笑んでそう問われ、自分の目頭が熱くなっていることに気づいた。さすがに気恥ずかしくなり、おれは優しい視線から逃れるようにして肩をすくめた。

「そんなにすぐ、仲良くなれるのかな」

　まだ熱の残る目元に集中しているから、少しつっけんどんに響いたおれのとってつけたような感想に、その人は可笑しそうに表情を緩めた。本を閉じ、表紙に描かれた迫力ある赤鬼の目元をそっと撫でるように繊細な指を滑らせる。

「たしかに、赤鬼は運がよかったのかもね。すぐには仲良くなれないこともあるけど、怖がらなくても大丈夫。仲良くなりたい人がいたら、赤鬼みたいに相手に喜んでもらえることを考えて、一生懸命やってみるといいよ」

「難しそう……」

「難しいけど、きっと楽しいよ。それに、青鬼が教えてくれた裏技もある」

「裏技？」

「一緒に美味しいものを食べるとね、気持ちがあったかくなって素直になれるんだ」

「……じゃあ、春の遠足、頑張ってみる。お弁当とお菓子、みんなと一緒に食べられるように」

「いいね。応援してるよ」

「あと、赤鬼みたいにお酒も飲んだ方がいい？」

そう尋ねると、美しい人は一瞬目を瞬き、それから小さく噴き出した。

「はは、これは失敗したな」

「？」

「いや、おれがうっかりしていたよ。お酒は今は無理だから、大人になったらね」

「ん、じゃあそうする」

優しくて少し気弱な赤鬼と、赤鬼のことが大好きな賢い青鬼。ふたりはきっとまた会えるだろうし、そのときには酒とご飯を楽しみながらいろんな話をするだろう。そこには赤鬼と仲良くなった村人もいるかもしれない。

美味しい酒とご飯で、あったかくて素直な気持ちになれる場所。ずっと一緒にいたい、大好きな人がいてくれる場所。大人になったら、おれにもそんな場所ができるのだろうか。自信はないけど、少しだけ信じてみたくなった。

ずっと冷たかった涙の記憶が、ほんの少し優しい色に変わったから。無理だと思った赤鬼のトモダチ大作戦が、思いのほか優しい結末になったから。

　だから赤鬼みたいに頑張れば、おれの欲しいものもいつかは手に入るんじゃないかって、そう思った。


「で、その後輩がさ、おれと蒼井のアドバイスを受けて美味い店探しに繰り出していったわけ」

「ふーん。柴も立派に『先輩』やってるんだねぇ」

　望月の「作家先生親交プロジェクト」から数日。天気の良い休日の朝、おれはスーパーの袋を抱えて凪の店に乗り込んでいた。

「まぁな。ところで、洗濯もの本当にないのか？　こんなにいい天気なのに」

　ガサガサとレジ袋の中を漁《あさ》りながら凪に問いかけると、いつもどおりのべろべろはんてん姿の凪は可笑しそうに表情を緩めた。

「昨日の夜にしたから。それにしても、柴が押しかけ女房をしてくれる日が来るとはね。食材そんなに買い込んで、重かったでしょう？」

　白菜やらキャベツやら豚肉やらを袋から取り出しては冷蔵庫に放り込んでいくおれを眺め、凪は楽しそうに言う。凪の店の冷蔵庫は大きくて、食材や調味料はいつもきちんと整理されて並んでいる。こまごましたラックやトレイのどこに何を配置するのが正しいのか、普段自炊をほとんどしないまま社会人五年目を迎えているおれにはさっぱりわからないので、とりあえず空いている空間に片端から食材を詰め込んでいった。

「別に。っていうか押しかけ……とか変なこと言うな。とにかくここはおれに任せて、凪はゆっくりしてくれていいんだからな」

にこり、と含みのありすぎる笑顔を凪に向け、おれは今日の「作戦」の流れを頭の中で反芻する。

以前関わったことのある作家さんが言っていた。「僕の場合は、いつもの日常から少し解放されたとき、自分だけの時間ができたときに、ふとアイディアが湧《わ》いたり筆が進んだりするんですよ。忙しいときの方が書ける、という人もいますが、なんにせよ創作の空気感にどっぷり浸かるという時間は必要ですよね」と。

凪の場合、あくせくと働いている姿なんて一度も目にしたことがないし、店はいつも閑古鳥の大合唱だし、「自分の時間がない」というのは当てはまらない気がしなくもない。しかし、そうはいっても店ひとつ切り盛りするための準備や仕出しやその他もろもろ。おれにはわからない作業もあるのだろうと考え、休日返上で凪の家事を代行しにやってきたのだ。

「書け」と言うとのらりくらりと躱されることは経験上わかっているので、今日はあえて目的を告げていないが、おれが突然家事をしに来るなんてシンプルに不自然な展開だし、どうせ凪はおれの目論見《もくろみ》なんてお見通しだろう。

「柴が家事をしてくれるなら、ゆっくりできるなぁ」

服装さえ黙殺してしまえばどこまでも整った綺麗な顔立ちで、ふわりと微笑みながら凪は言う。

「そうだろ。たまにはのんびりしろよ。いつもとちょっと違う過ごし方をするのってけっこういいみたいだぞ」

創作スイッチ入れるのに、けっこういいみたいだぞ。のんびりしてる場合じゃないけど、たまにはまとまった時間で執筆のことマトモに考えてみろよ。

にっこりと微笑む表情の奥でそんな心の副音声を再生しながら、おれは凪を店の奥に押しやった。この店の厨房《ちゅうぼう》スペースの奥には、凪の生活スペースがある。ちらりとしか覗いたことはないけれど、一番店に近い部分が書斎のようになっていて、落ち着いた漆喰《しっくい》の本棚に囲まれた上品なアンティークの机が目を引いた。

凪の居所を突き止めてから約三年。今日に至るまでに、編集者としてのまともな交渉を行ってこなかったわけではない。

たとえば、作家としての待遇。豊富な資料や取材先の確保。名のある賞への推薦。メディアミックスの可能性。最先端技術を駆使《くし》した話題性のあるイベントや宣伝の提案。

作家として何に重きを置くかのバランスや価値観はそれぞれだが、形はどうあれ自身の作品に根本から無頓着《むとんちゃく》な創作者というものは基本的には存在しない。だから、こういう手を替え品を替えの交渉術がことごとく弾かれるというのはそれ自体が稀有《けう》である。それでも凪を追いかけ続けているうちに、さすがにわかってきたこともある。

この男は、本当は書く能力も、書く環境も持っているのだ。足りないのは、書く「意欲」だけ。ある意味一番本人以外にどうしようもない部分だとわかってはいるものの、凪と関わってきた経験上、こいつが物語や書物に対する興味も愛情も失っていないことを知っているから、結局引くに引けなかった。

ふとしたきっかけさえあれば、きっとまた凪は物語を紡ぎたくなるはずだと、そうして、あれから何年経っていようとも、凪の紡ぐ物語は読む人の心を打つ力があるはずだとほとんど無条件に信じてしまう。そういう、作家「鈴代凪」に対してと、ただおれのそばにいるこのよくわからない美貌の青年「凪」に対しての信頼がごちゃまぜになったような複雑な重みの感情を両手いっぱいに抱えながら、今日も決してクオリティが高いとは言えない「作戦」に打って出ている。

「でも、柴、料理なんてできたっけ?」

おれに背を押されながら、凪は不意に振り返りそう尋ねる。

「……ま、まぁ。そんな凝ったもんは作らないけど、ちょっとくらいは」

へらりと笑いながら、おれは凪の死角で自分の手をこっそりと見下ろす。見慣れない絆《ばん》創膏《そうこう》と、微かにひりつく小さな火傷《やけど》の痕《あと》。この作戦のために数日間、残業後に買い出しをしたりして細々と練習はしたものの、そんなお手軽に開花する料理の才能なんておれには標準装備されていなかった。凪の料理で舌だけは肥えているものだから、味噌汁の味はなんとか判別できてまともに作ることができたが、なにせ包丁が扱えないし、「初心者も安心」を謳った卵焼き用パンをもってしても、綺麗に巻くどころか端に寄せてまとめることすら覚束ない有様だった。

正直見切り発車にも程があるとは思うのだが、このまま練習したとしても近々どうにかなるレベルでもない。あまり悠長なことも言っていられないので、なんとかなるだろうと無責任に腹を括《くく》って敵地（?）に乗り込んできたわけだ。

「ここの台所は柴のところと勝手が違うかもしれないし、無理しないでね。何かあったらすぐに呼んで」

「わかった」

「包丁使うときは左手をちゃんと猫の手にして添えるんだよ」

「……わかった」

「あと、食材の出し入れするときにも、調理中の鍋とかフライパン、うっかり触っちゃダメだからね」

「わかったって！　小学生の調理実習か！」

つらつらと注意点を述べる凪にツッコミながら、勢い任せに書斎に押し込む。閉めたドアの向こうから、往生際《おうじょうぎわ》悪く「大丈夫?」と呟く声が聞こえた。

凪を書斎へ追いやってから、おれは改めて凪の店を見回した。ダークオークの落ち着いた色合いの床材と、同じ風合いの古風な書棚。食器棚やカウンターを照らすランプは西洋風のレトロな代物で、凝った飾りが店内に複雑で繊細な光と影を落とす。書棚に並んだ数え切れないほどの古書は、どれもかなり年代物で貴重なものだが、いつも綺麗に手入れがされており、埃《ほこり》をかぶっている様子もない。店自体が入り組んだ路地裏にある上に、飲食スペースの近くに小さな窓があるくらいでほとんど日が差し込まないため、本を日焼けで傷《いた》めることもない。時間の狭間に迷い込んだみたいな、静かで穏やかな空間だ。

「掃除のし甲斐《がい》がないな……」

ドラッグストアで買ってきた床掃除用のシートや埃取りの小さなはたきを構えるが、店内を隅々まで見回してみても、あまり出番がなさそうだった。おれの掃除スキルは、一般的に見ればそれほど高いわけではないが、おれ自身の家事スキルの中ではまだ上位に位置するはずなので、発揮するチャンスがなくて軽くへこむ。

「ズボラがはんてん着て歩いてるみたいな凪のくせして、なんでこんなに綺麗なんだ……」

完全なる八つ当たりの文句をぶつぶつと呟きながら、書棚に並んだ古書の背表紙をそっと撫でる。こんなに貴重な書物を、凪は一体どこから仕入れているのか。古本市なども盛んなこの街で、本好きの間でこの店が知られないのはなぜなのか。ここに通い始めた当初は疑問に思っていたことも、今ではなんとなくの見当がついている。絶版になり、市場には流通していないはずの本が何食わぬ顔で並んでいたり、これまた書店ではお目にかかれない気しかしない、「禁帯出《きんたいしゅつ》」という赤いシールが見えそうなどっしりとした背表紙の貴重資料が紛れていたり。「読みたいものがあればいつでも読みなよ」と微笑む凪に、「そんなだから商売にならないんだ」と呆れながらも、読み切れないほどの本に囲まれたこの空間の居心地の良さは抗《あらが》いがたいものがある。

……ここには、おれが「欲しいもの」がありすぎる。

ついつい手に取ってしまいそうになる書物の誘惑と闘いながら、拙《つたな》い手つきで申し訳程度の掃除に取り掛かった。

小さな窓からちらちらと明るい陽光が入り込み、観光客らしき賑わいが時折届くようになった昼前。コンロの前で眉間に皺を寄せながら格闘を続けるおれの視界に、突然美しい風貌が映り込んだ。

「……ば、柴？　大丈夫？」

「…………へ？　ぅわ！　い、いきなり声かけるなよ！　危ないだろ！」

「いや、けっこう前から声かけてたんだけど……。柴と卵の睨み合いがすごい覇気《はき》を放っていたから」

「ちょ、ちょっと失敗しただけで、今度こそ……！」

カウンターの大皿には、ふわふわのだし巻き玉子、になるはずだったぽろぽろの炒り卵が盛られている。その隣には香ばしい色に仕上がった（焦《こ》げたとも言う）野菜炒め。飯は炊飯器が炊いてくれたし、味噌汁はなんとか形になったものの、たまに凪が作ってくれる

「あり合わせ」の和風定食すらおれには荷が重すぎた。

「……箸で寄せて、巻くだけだろ」

集中力を総動員し、震える箸先を卵とフライパンの間に差し込む。いい具合に火が通っていることを願ったが、無情にも生焼けの卵液はおれの努力と菜箸を完全無視し、ぐちゃりと形を崩してフライパンに貼りついた。先ほどまでの反省を生かす間もなく、条件反射で慌てた自分の手が半熟の卵液の間をおろおろと行き来し、そうしている間に呆気なく全体に火が通り、結局さっきと寸分たがわぬ炒り卵が完成した。

「…………凪」

コンロの火を切り、おれは俯いたままカウンター越しにこちらを眺める人物の名を呼んだ。

「ん？」

凪は黙っておれの格闘を眺めていてくれたが、おれが呼びかけるとふっと微笑んで聞き返した。口元が笑っている気がするのは黙殺しておこう。

「……おれには、卵焼き専用フライパンの開発者が想定する世間一般の料理スキルが備わっていないみたいだ……」

項垂れながらそう自白すると、凪はおれとカウンターに並んだ失敗作の大盛を交互に見比べ、それから噴き出した。

「あははっ、そんなに落ち込まなくても。ちゃんと焼けてるじゃない」

「……『火が通った』だけだ。おれの望んだ形状じゃない」

深いため息をつきながら、卵が焦げついたフライパンを洗い場の水につける。じゅっという濁った音がして、フライパンに残っていた熱とおれの任務遂行への決意は儚い蒸気となって消え失せた。

「……ふふ、柴は本当に、なんにでも一生懸命だよね。卵にこれほど真摯に向き合える人は少ないと思うよ」

凪は口元を押さえながら肩を震わせて笑っている。怒るべきところかもしれないが、あまりにも自分が不甲斐ないので、せめて凪が笑ってくれたことに安堵したほどだった。

「意味不明なフォローすんな……。はぁ……ごめんな。ロクな飯が作れなかった」

掃除をして、美味い昼飯を作って、凪に小説を書く時間と意欲をやりたかった。けど、土俵に上がる前に負けが確定してしまった。無駄に散らかしてしまった台所をちまちまと片づけながら謝罪を述べると、凪はカウンターの向こうから手を伸ばしておれの髪を柔らかく撫でた。

「……？　なに」

「そんなに落ち込まないで。柴、おれ柴のおかげでずいぶんゆっくりできたから、ちょっとだけ交代しない？」

「交代？」

「そう。柴が作ってくれたご飯の『仕上げ』だけ、おれに任せて」

「……？」

凪はふわりと微笑むと、調理スペースに入ってきて愛用の中華鍋を手に取った。首を傾げて眺めている間に、炊飯器から飯を、戸棚から油と調味料を、そしておれが生み出したこんがり野菜炒めを、手元の鍋に加えていく。

迷いのない手つきに応《こた》えるように、鍋に触れる火までが、さっきまでとは違う力強い音を奏でる。ジュワっと確信めいた音が鳴って、いい色になった飯が鍋の縁を滑るように小さく宙を舞うと、凪は最後に大皿に盛られたおれ作・ぱらぱら炒り卵を鍋に加え、手早くかき混ぜてから火を止めた。

「…………」

呆気にとられたように凪の手元を眺めていたおれに、茶碗の型で綺麗な半球形に盛られたチャーハンが差し出された。

「はい。柴とおれの合作、特製チャーハンです」

微笑む凪の手元から、香ばしい匂いが漂う。さっきまで失敗作にしか見えなかった野菜炒めと炒り卵は、まるで居場所を見つけたかのようにいい色のチャーハンの一部としてかしこまっていた。

「……結局、凪が作ってる」

「半分は柴が作ってくれたでしょ。それに、柴がいつも言ってるじゃない。『作家と編集者の共同作業』って」

そう言いながら、凪はどこから出してきたのかわからない小さな旗付きの爪楊枝《つまようじ》を半球形のチャーハンの頂上に刺した。

まるで大きな山を登り切った証のように、誇らしげにぴんと立つ、なぜかひよこ柄の小さな旗。

「……それは『出版作業』についてであって、チャーハン談議じゃない」

「でも、すごくうまくできたよ。おれと柴の共同作業。一緒に作ったら、二倍美味しい」

そう言っておれをカウンターに座らせ、レンゲを手渡してくれる凪の楽しそうな表情を見ていたら、さっきまでしぼみ切っていた気持ちがふわりと息を吹き返し、チャーハンの香りが優しく身体を満たした。

口に運ぶと、少し焦げた香ばしい風味と、ごま油の深い旨味がじわりと染み渡る。

「……ん、まぁ、たしかに美味いけど」

食べ出すと一気に空腹が自覚され、もそもそとチャーハンを頬張りながらおれは呟く。

凪は隣に座り、おれが作った味噌汁を美味そうに啜りながら、美しい目元を優しく細めた。

「ね。柴のおかげでいい休日になった」

「……それはよかった」

嬉しそうに笑う凪を横目で見ながら、おれは心の中で「一文字も書いてないみたいだけどな」とつけ足して苦笑する。

凪と「一緒に」作ったチャーハンは、絶妙に香ばしくて、理想的にパラっとしていて、本当に美味かった。

おれが鈴代凪に作らせたいのは、稀代《きだい》の「泣ける話」であって本場顔負けのチャーハンではない。この美味さは、おれ以外の誰のページにも残らないし、この世界に何一つ刻みつけない。

でも、おれの身体には、記憶には、たしかな温度で沁みていく。そうして、凪はまたおれにしか価値のない温かさを刻んでいく。悔しさと、少しの誇らしさが混ざり合ったような不可思議な感触を、レンゲに乗せて思いきり頬張った。

柴の栞：本と猫と、推し作家

クリック、スクロール、はずれ。からの、検索履歴に戻ってクリック。

そんな所作のリズムが身体と思考を支配していく。たまにテンポを崩したくて検索ワードを打ち換えてみるも、すぐに「はずれ」のコースに引き戻される。編集部の窓から見える久しぶりの青空とは対照的に、鬱々《うつうつ》とした気持ちでため息をついた。

「……ない」

ため息にはっきりと交じり込んだ独り言を、隣の席の優秀で嫌味な同僚はきっちりと拾い上げる。

「おまえって、ほんとに資料検索下手な。何十分かかってんだよ。今日の休憩ほとんど潰してんじゃん」

今日も今日とてスマートにストライプのスーツを着こなし、一分の隙もない華麗なブラインドタッチで書類を捌き続けていた蒼井は、これまたいつもどおりの無表情でそう言ってブラックコーヒーを啜った。

「……あー、そうだよ。たしかにおまえに比べりゃおれの資料検索の腕なんて、郷土資料の知識なんて、道端に転がった石ころのそのまた欠片みたいなもんだよ……」

「……面倒くさいな、おまえ」

「蒼井ほどじゃない」

呻くようにそう返し、手元の検索結果から除外するキーワードを拾い上げていく。国会図書館のデータベースは便利なのだけれど、おれのように「手当たり次第」という文句を背負って生きている人間にとっては、掌にマウス一つの丸腰で、見渡す限りの言葉の大海原に放り込まれたような心持ちになってしまうことが多々ある。もちろん最低限の検索スキルを会得するための研修は受けているが、言葉の波に揉《も》まれているうちに欲しい情報はするすると手元をすり抜けて大海に消えていってしまうのだ。眠気覚ましのコーヒーの代わりに、司書さんの爪の垢《あか》でも煎《せん》じて飲みたい。

「手伝ってやろうか？」

「いや、いい……って、え？　今、『手伝う』って言った？」

普通に答えかけて、違和感に気づく。いまだかつて、この男がおれの仕事を手伝おうなどと申し出たことがあっただろうか。いや、ない（反語）。

「言ったけど」

「……おまえ、もしかして体調でも悪いの？　変なもんでも食った？」

「面倒くさいうえに失礼か。負のコンボ達成おめでとう。一生ひとりで唸ってろ」

蒼井はにこりともせずにそう言って、すぐに手元の書類に目を戻した。

「怒んなよ……。ちょっとした冗談だろ。そっちの方が大変そうだし、おれのはそこまで急ぎじゃないから。ありがとうな」

「それ、山井《やまい》先生の資料だろ。あの人の作品で扱う内容の郷土資料なんてかなり特殊だぞ。アテでもあんのか？」

蒼井は的確な指摘を述べながら、ずず、とコーヒーを啜る。無愛想な男だというイメージは入社当時からまったく変わらないが、それでも一年近く隣の席で見ていればさすがにわかることもある。蒼井の、優秀な仕事ぶりの根底にある生真面目さとか、なんだかんだと人を放っておけない性分とか。

「まぁ、先生は特殊な資料だから無理しなくていいって言ってくださってるんだけど、おれが読んでみたくてさ。最終手段の前にもうちょっと頑張ってみるよ」

「最終手段？」

蒼井が怪訝そうに聞き返す声に、再び響き出した不毛なリズムのクリック音が重なる。手元の業務チェックリストをちらりと見やり、頭の中で直近のスケジュールを反芻する。

「おれには、凄腕の情報屋がいるからな」

「…………おまえの頭の中はいつも無駄に楽しそうだな」

おれの「最終手段」を聞いた蒼井は、呆れたようにそう言って、小さなため息をひとつつくと、完全に仕事モードに切り替わった表情で再び手元のキーボードを叩き出した。おれにこれ以上構うのは時間の無駄だと判断したらしい。たしかに年季の入ったメルヘン脳をこじらせてはいるけれど、こればかりは別に嘘じゃないのにな、と思いながら先の見えない検索画面に視線を戻した。

週末、昼間の商店街は、見慣れない活気と色彩を纏って、冬空の下で微笑んでいるように見える。おれがこの界隈《かいわい》を訪れるのは圧倒的に会社帰りの時間が多いものだから、いつもは夜の帳に覆われ、寝ぼけ眼の表情を見せている店たちも、今日は観光客の賑わいの中でなんだか胸を張って誇らし気だ。和雑貨や、最近流行りの鹿モチーフのお土産ものなどを視界の隅に映しながら、慣れたはずの見慣れない通りを歩いていく。結局頼ることにした「情報屋」への手土産にめぼしそうなものを探しながらぶらぶらと歩いていくと、ふと一軒の小さな雑貨店が目に留まった。

古いガレージを改装したような、どことなく無骨な店構えに対し、店先に並べられた食器や小物はとても繊細で可愛らしい。愛嬌のあるふかふかの黒猫のぬいぐるみと、温かみのある焼き物の茶碗が並んだ棚を眺めていると、店の奥から店員らしき男性がひょこりと顔を覗かせた。

「いらっしゃい」

男性はそう言ってにっと笑った。長めのウェーブがかった黒髪を、すっきりとまとめて一つ括りにしている。ヴィンテージっぽい洒落たシャツとジーンズを着こなし、なんだか「孤高のアーティスト」というようなナリをしているが、笑顔はとても人懐っこい。何か作業をしていたらしく、手にはカラフルな組みひものようなアクセサリーを持っていた。

「お兄さん、地元の人？　学生さんとか？」

「いや、まぁ……学生じゃないけど、地元は地元です」

フレンドリーに話しかけられ、おれは苦笑した。平日はスーツで底上げしているおれの見た目年齢は、休日に一人で歩いているときには潔くデフォルトに戻るらしい。まぁ、蒼井に言われたら腹が立つけど、さすがに初対面の人間相手にそんなことで腹を立てるほど器が小さいわけでもない。無駄に構えられるよりよっぽどマシだ。

「あ、そうなんだ。おれの店って、あんまり観光客向けじゃないからさ、土産物でも探しに来たんなら悪いなーと思って」

男性は屈託なくそう言うと、安心したように表情を緩めた。この街の商店街は、決して活気がないわけではないのだが、良くも悪くもどこかのんびりとしていて商売気が薄い。こんな人の好さで商売は成り立っているのだろうかと要らぬ世話を焼きたくなる店が少なくないのだが、敷居が高くない分ちょっと道を聞いたり世間話をしたりするのを目当てでぶらりと立ち寄ったついでに買い物をしたりする客も意外と多いそうだから、古都の商売人は大阪《おおさか》の「商人魂」とはまた違う方向性で意外としたたかなのかもしれない。

「お気遣いいただいて恐縮だけど、充分素敵なお店ですよ。食器が可愛いなと思って、見ていたんです」

そう答えて笑い返すと、気のいい店員はぱっと表情を輝かせた。

「本当？　その食器、おれが焼いたんすよ。叔父が赤膚焼《あかはだや》きの職人なんで、そこで修業してたんだけど、『伝統工芸』の真面目で温かみのある感じ、すごい好きなんすよね」

「へぇ、すごいな」

嬉しそうにそう話す表情と、手元の温かみのある茶碗を見比べながらおれは感心して呟いた。たぶんおれよりも若いくらいのこの青年が、古き良き伝統の技に触れ、それを昔なじみの友達のことを話すように親し気で誇らし気な表情で語る様子は、永い永い時間を見守ってきたこの街の温度にぴたりと馴染み、溶け込んでいる。決して大きくはない店の戸口から入り込んでくる冷たい隙間風も、どこか柔らかく陳列棚《ちんれつだな》の商品を撫でていくようだ。

「伝統工芸、っていうとなんだか格式ばって聴こえるけど、こうして見るとずいぶん親し気な感じがするな。絵付けも可愛いし」

並んでいる豆皿や小ぶりの茶碗には、「奈良絵《ならえ》」と呼ばれる鹿や奈良の風景を描いた模様が施されている。この店の食器はその伝統的な奈良絵の模様に加え、雲や蔦をモチーフにしたらしい洒落た図柄が添えられているものもあり、懐かしい中にもどこか新しさや愛嬌を感じさせた。よく見ると、同じような柄でも鹿の表情や姿勢に少しずつ違いがあり楽しい。

「おれ、専門学校で陶芸を専攻してたんですけど、赤膚焼きって焼き物の中ではけっこう異色なんすよ」

「異色？」

おれの手元を眺めながら、青年は悪戯っぽい表情でそう言った。凪の店にいくつか置いてあるのを知っているから、少し身近ではあるものの、おれには陶芸の知識はまったくない。首を傾げて聞き返すと、青年は得意げに教えてくれた。

「赤膚焼きの素材になる土は、もちろん奈良の山で採れるんですけど、あまり土の層が厚くないんです。だから掘る場所によって土の層はけっこう変わるし、土の色も変わる。使用する土や焼き方に、実は絶対的な決まりがないんです」

「そうなの？　えらく柔軟というか……けっこうリベラルな伝統工芸なんだな」

「でしょ？　おれ、その話聞いてなんかカッコいいな、って思って。『絶対』って言えるものがないのに、そのときしか出会えないものと向き合って、それを『伝統』って呼ばせるくらい永くつないできた職人たちって、すごくないすか？」

青年は、力強い声色でそう言って、手元の焼き物を誇らし気に眺める。彼にとって、この小さな器の中に息づく歴史ある時間は、そういう一瞬一瞬の葛藤や積み重ねなのだろう。「一日」とか、「一年」とか、ついつい時間を纏めて眺めてしまうおれには、彼の視線は新鮮で、どこか眩しい。

「うん、たしかにすごいな」

こうして、顔も知らない誰かの積み上げてきた時間を受け取って、それを自分の手で大切に作品に閉じ込められるあなたが、本当にすごい、と声には出さずに心で唱えてにこりと微笑んだ。そんな視線の温かみを手元に置いておきたくて、おれは鹿の絵が描かれた小ぶりの茶碗と、同じ色合いの湯呑を買って店を出た。

賑やかな商店街を抜け、いつもの路地裏に踏み込んだところで、目の前を小さな黒い影が横切っていった。目を凝らしてみると、凪の店のあるハーブ棚の陰から真ん丸な金色の瞳がこちらを窺っている。ときどきこの辺りで出会う野良猫たちとは違って、少し警戒心を帯びた声で「なー」と鳴いた。

「おまえ、迷子か？　どこから来たんだ？」

周囲に人がいないのをいいことに、見慣れない黒猫に話しかけながら足を踏み出す。猫はしばらくの間は逃げずにこちらの動きをじっと観察していたが、やはり一定の距離まで近づくと素早い動きで姿を消した。

「残念……」

動物好きのおれとしては、せっかくなのでお近づきになりたかったのだが、向こうにその気がなければしかたがない。それにしても遠目に見る感じでは毛並みも綺麗だったし、本当に迷子だったらさぞかし飼い主が心配しているだろうと考えながら店の戸口に手を掛けた。

「柴、いらっしゃい」

店に入ると、代わり映えのしないはんてん姿の凪が穏やかな笑顔で出迎えてくれた。凪のこの謎のファッションセンスにもすっかり慣れてしまったものの、やはりときどきは美形の無駄遣いを嘆かずにはいられない。おれの記憶の中、図書館で会っていた頃の凪はいつも黒のタートルネックとグレーのズボンを身につけていたし、そのモノトーンのシンプルな服装は凪のどこかミステリアスな美しさとよく馴染んでいた。夏の暑い日にも同じ服装でいることを、子どもながらに疑問に思ったことくらいはあったと思うが、図書館の中は空調も効いていたし、そこまで不思議ではなかったのだろう。もしも、あのときの凪が今と同じようにべろんべろんのはんてんを愛用していたとしたら、おれの記憶にいつも住み続けていた「美しい人」の印象は少し変わっていたのかもしれない。インパクトとしては、そちらの方が上だったかもしれないが。なんにせよ、おれが記憶の中の「美しい人」と、今目の前にいる凪との違いをわずかでも見いだせる点があるとしたら、この謎のはんてん姿くらいのものなのだ。

「？　どうしたの、いきなり疲れた顔をして」

凪は不思議そうに首を傾げ、カウンターの中で見慣れたやかんを取り出して火にかけた。おれは小さくため息をつくと、ダッフルコートを脱ぎながらカウンターに近づき席に着いた。

「いや、何もないけど……。なんかさ、ファッションって難しいよな」

「何を突然。そのセーター似合ってるよ」

凪はおれの呟きに目を瞬いたが、すぐにそう言ってふわりと微笑んだ。店内は落ち着いた照明で柔らかく照らされている程度だが、昼日中の陽光は小さな窓からも入り込み、凪の端整な笑顔をさらに美しく描き出す。こんな美人に褒められたと喜ぶべきか、謎のセンスの持ち主に褒められてもと複雑な表情をするべきか、よくわからない葛藤を味わいながら、先ほど買ってきた赤膚焼きの入った包みを取り出した。

「ちょっと、凪に相談があって来たんだ。これ、お土産」

「お土産？　別に気を遣わなくていいのに」

凪は手際よくお茶の準備をしながらおれの差し出した包みを見て肩をすくめた。細く長い指先は繊細な飾り彫りを施した茶葉の缶を撫で、迷いなく適量を掬い出す。香ばしく、春の気配を感じさせるような仄かな苦みを帯びた香りが店内に漂った。

「今日は『営業』じゃないから。っていうか、いい食器があったからつい買っちゃって。ここに置いといてくれたら助かるんだけど」

そう言いながら包みを開け、赤膚焼きの茶碗と湯呑を取り出してみせると、凪は微笑んだ。

「わぁ、素敵だね。これは、赤膚焼き？　おれ好きなんだよね。土の温かみがあって、いろんな風合いや種類があるから、飽きないの」

「そうらしいな。この近くにいい店あったぞ。他にもいろいろあったから今度見に行ってみたら」

嬉しそうな表情を見ていたら、ついつい頬が緩んだ。いつも凪に「営業」をかけに来るときには、あまり手土産を持ってくることはない。そういうところで、他の作家さんよりも凪を特別扱いするようなことはしたくないし、そもそも凪はおれから物を受け取らない。だからたまに何かを持参するときには、あくまで「仕事」じゃないという点を強調したうえで、おれが一緒に食べる菓子だとか、おれがここで使いたい雑貨だとかという名目をつけて渡さなければいけない。虫も殺さないような、綺麗で柔和な顔をしているけれど、おれが知る限り凪は自分が譲りたくない点については相当頑固だし、そうそう折れてはくれないのだ。

「そうなんだ。じゃあ、これは柴用にここに置いておくね。今度、炊き込みご飯作ろうと思ってたからちょうどいいな。湯呑は今から淹れる、ホットグリーンティーにぴったり」

「……別に、おれ以外に使ってくれてもいいから。っていうか、凪が使ってくれてもいいからな？」

念のために釘を刺しておくが、凪は聞いているのかいないのか、柔らかな布でさっそく食器の埃をきれいに拭《ぬぐ》い、楽しそうな表情で深い緑色のグリーンティーを湯呑に注いで迷いなくおれの前に置いた。

「はい、どうぞ。いい茶葉が入ったから、今日は一段と香りがいいよ」

「……そうだな」

どうやらここでも作戦の運びを間違えたらしく、「行きつけの店に自分専用の食器を置かせる客」という微妙に嫌な人物設定に成り下がってしまったおれは、ふたたびため息をついて買ったばかりの湯呑から茶を啜った。わりとしっかりとした甘みと、茶葉の程よい苦みが絶妙に混ざり合い、身体の芯を温める。ここで出される料理や甘味はいつも期待どおりか、それ以上の喜びでおれを満たしてくれるのだが、その作り手の方は、今日もおれの思い通りになる気はないらしい。

「で、何か相談があるんだっけ？」

凪は戸棚から取り出した適当なカップに自分の分のグリーンティーを注ぎ、カウンターから出てきておれの隣のスツールに腰かけた。

「あ、そうそう。実はさ、こういう内容の本を探してるんだけど、凪は知らないか？」

鞄からタブレットを取り出し、メモ機能に入力しておいた何冊かの書誌情報を見せると、凪は美しい琥珀色の瞳をすっと細め、宝石の鑑定でもするようにおれの手から受け取ったタブレットの画面を注意深く眺めた。

なんとか粘りに粘って必要な情報が収められていそうな数冊の書物の名前までは辿り着いたものの、周辺の図書館などには蔵書がなく、書店での扱いもされていないようだった。どれも郷土史のような扱いで出版元は地元の研究会や学会となっているため、出版社に問い合わせることもできなかったのだ。少し足を延ばして国会図書館辺りまで行けばさすがにめぼしいものには出会えそうなのだが、そうそう急ぎでもないし、厳密に言うと業務というよりは「仕事に関わる自己研鑽《けんさん》」くらいのレベルのものなので、とりあえず凪の顔を見に来るついでに相談として持ち掛けてみた。

「この辺りの伝承を集めた本だね。特に、怪異にまつわるものが多い。こういう書物は、いわくつきという名目で処分されたり、対立学説の権威に黙殺されたりして、残りにくいんだ」

「へぇ……」

凪は決して整理されたとは言えない雑多な情報に素早く目を走らせながら、すぐに的確な所見を述べる。おれの周りには「本好き」と呼べる人間が大勢いるし、そのうちのどの人物も、知識量はかなりのものだ。それでも本にまつわる「情報」で、凪の右に出る者はおそらくいない。だからどうしても「本探し」で途方に暮れたときには、こうして凪に相談に来ることがある。これが、蒼井に話した「情報屋」の正体なのだが、この店にはもうひとつ、おれが書物探しの駆け込み寺にしている理由がある。

「じゃあ、探すのは難しいかもなぁ」

「仕事で必要なの？」

凪はタブレットの画面を眺めていた目を上げてそう尋ねた。おれがこの数日の休憩時間のほとんどを費やして掻き集めた情報を、数分足らずで消化しきったらしい。

「仕事で必要っていうか、仕事でも役立つかなぁっていうくらい。担当作家さんの次回作の資料になりそうなんだけど、作家さんの方の執筆自体はわりと順調に進んでるんだよな。けどおれの方は今まであんまり縁のないジャンルだったから、原稿チェックする前にちょっと触れておきたいなと思って」

「柴はいつも一生懸命だね」

「……そこまでじゃない。趣味と実益を無理やり兼ねてる、ただの本好き」

ふわりと微笑む凪の、どこか誇らし気な視線から逃れるように、手元のグリーンティーを啜る。優しい甘さが、なんだかくすぐったい。

「同じ本はないけど、似たような内容のものならたしか……」

凪はしばらく満足そうにおれを眺めたあと、スツールから立ち上がり店の本棚の方に歩いていった。この店は凪曰《いわ》く「古書店兼小料理屋」。カウンターと反対方向の壁際に配置されたアンティークの洒落た書棚には、ぎっしりと貴重な古書が並んでいる。装丁も凝ったものが多く、中には丁寧に修繕《しゅうぜん》を施されたような書物もある。すべてを見たわけではないが、時折凪の許可を得て眺めさせてもらっている範囲でも、もう市場には出回っていない小説の初版本や、専門書、海外アーティストのフォトブックなど、多様なジャンルのものがバランスよく取り揃えられている。あとは、なぜかおれが昔図書館でよく読んでいた絵本と同じものも何冊か、広々としたスペースを与えてもらってくつろぎ顔で鎮座している。本自体はどれもかなりの年代物なのだが、よく手入れされており、新しい本とはまた違った、誰かの手に触れられてきた書物特有の懐かしさや、穏やかな郷愁《きょうしゅう》のようなものを感じさせる。そんな書棚の間を迷いなく進んだ凪は、一冊の書物を手に取った。

「あ、これこれ。あったよ、柴」

おれが凪の進行方向を確認し、一口温かいグリーンティーを啜る間に、凪は紫紺《しこん》の美しい装丁の本をひらひらと掲げながら再びおれの隣に座った。

「あったの!? すごいな、どうなってんのこの店……」

思わずむせそうになり慌てて口の中の甘みを飲み込んだ。凪に差し出された本を受け取ると、上質な革表紙の手触りが掌を撫でた。

「あはは、柴の役に立ててよかったなぁ」

「……いや、ほんとに……。こういう本ってさ、普通の店にはあんまりないよな」

「まぁ、そうかもね。たまに見かけるとしたら古書店とか……」

「……図書館、とか？」

いかにもなんでもない会話の流れで、というようにつけ足してみる。声色が不自然にならないように、ほんの少し舌先に残るグリーンティーの甘みに頼って。

「凪は、こういう本を、その……どこから仕入れてるんだ？」

ちらりと表情を窺いながら尋ねてみると、凪は一瞬だけ目を瞠《みは》った。けれど、特に気を悪くした様子もなく、すぐにいつもの柔らかく、そして掴みどころのない表情に戻る。

「いろいろだよ。古本市で見つけたり、人に譲ってもらったりとかね」

「…………」

たしかに、古本市や街の古書店から掘り出し物を探し出す「せどり」のようなことも、凪ならできるかもしれない。でも、凪が足しげくそんな場所に通っている様子はあまり想像できない。客すら見かけることのないこの店に、わざわざ貴重な古書を譲りに来る人間がそうそういるとも思えない。

凪の店にあるこの古書の中には、凪とおれが出会った図書館のものが含まれているのではないか、とおれはずっと思っている。じっと目を凝らさなければわからないレベルだけれど、背表紙の下の方……図書館で分類番号が貼られている辺りだけほんの少し日焼けの跡が柔らかいのも、見覚えのある懐かしい絵本が、おれの手に馴染みすぎる気がするのも。

おれが小学校時代に通い詰めた、「美しい人」がいる図書館は、ちょうどおれが大学を卒業する頃に閉館してしまったらしい。とはいえ建物自体がなくなったわけではなく、規模が縮小されて史料館のような扱いで残されているようなので、大したニュースにもならず、おれはずっとそのことを知らなかった。数年前に「鈴代凪」を探し始めたときに、幼い頃の記憶を頼りにあの図書館のことを調べたら、その静かな閉館の報せと、廃棄処分にされるはずだった書物が一部行方不明になった、という記事に出会った。

特に公営図書館の蔵書処分はかなり厳密に行われるものなので、当時はその一部が消失したという出来事はちょっとした事件扱いで地元紙を賑わせていたようだが、もともと廃棄される予定のものばかりだったこともあり、次第に興味も失われてうやむやなままになった。けれど、おれはその記事を読んで、あの「美しい人」が行き場のない本を連れてあの場所を出たのだと直感的に感じたし、凪の店で書棚の中に紛れ込んでいる、なんとなく見覚えのある本を見かけるたびにその「推理」は現実味を帯びてくるようになった。

とはいえ、おれは凪の書物誘拐《ゆうかい》罪を暴きたいわけではないし、実際その恩恵に一番与っているのはほかでもないおれ自身だということもわかっている。

「古本市めぐり、今度一緒に行く？　賑やかで楽しいよ」

凪はいつもどおりのどこか飄々とした声でそう言って席を立つと、少し冷めたやかんの温度を確かめて再び火にかける。戸棚を開け、可愛らしい缶に入った和三盆《わさんぼん》の手作りクッキーを小皿に入れて差し出してくれた。

「いいけど、そんなところにおれを連れていったら一日中ほっつき歩いて戻ってこないぞ、きっと」

「はは、たしかに。柴が迷子にならないように、ちゃんと見張っておかないと」

「んな、犬の散歩みたいに言われてもな……」

凪の雑な受け答えに呆れ声で返しながら出されたクッキーをつまむ。それほど甘くなく、さっくりとした食感が心地よい。さくさくと小気味の良い音を立ててクッキーを頬張りながら、さっきの問答を続けるべきか少しだけ考えた。

凪が、おれたちの思い出の図書館から一部の本をここに「連れてきた」のだとしても、懐かしさを感じこそすれおれには特に異議はない。それなのに、ときどきこの話題に踏み込んでみたくなるのは、心のどこかで、あの図書館で出会った「美しい人」が凪自身で、あのとき共に過ごした子どもがおれなのだと、凪にはっきりと突きつけたい気持ちがあるからなのかもしれない。ただ、それがおれの「目的」にとってプラスにはならないことも、おれは知っている。だって、おれの手を替え品を替えの（編集者としての）猛アピールにも、なびく気配すら見せないこの強情な男に、昔のおれははっきりと願ってしまったのだ。

「悲しくない話、誰も泣かない話しか、聞きたくない」と。今だって凪がおれのことをどこまで認識しているのか定かではないが、もしおれがあのときの子どもだと確信すれば、凪に「泣ける話」を書かせたいというおれの望みは永遠に叶わないことが確定しそうな気しかしない。それくらい、凪は頑固で、昔から、おれの望みを裏切ったことがない。

本当に、心から願っている、ひとつの望みだけを除いて。

「……迷子って言えばさ」

手に触れる、凸凹とした焼き物の感触をなぞるように湯呑を軽く回し、少し波立つ深い緑を見るともなく眺めながら、結局は違う話題を切り出した。

「さっき、この近くで迷子っぽい猫、見かけたけど」

「え、本当？　寅吉《とらきち》がよく許したねぇ」

凪はそう言って、温めたグリーンティーのお代わりを注いでくれた。手元が再び鮮やかな新緑で満たされる。二杯目は甘さを抑えて苦みと香ばしさを少し強くし、すっきりとした後味に仕上げてくれているのも、いつもの凪の仕様だ。

寅吉、というのは凪が勝手に名付けたこの辺りの野良のボス的存在で、どっしりとしたトラ猫のことだ。この街は野良猫、野良犬の殺処分ゼロを謳っており、保護団体もよく機能しているし、近所の人たちもつかず離れずの程よい距離で地域の猫たちを見守っている。やはり、神の使いがそもそも鹿だという土地柄、動物にはリスペクトを忘れない信条でもあるのだろうか。

「許してるのかどうかは知らないけど……。けど、近所で捜してる人とかいないのか？　まだちょっと怯えてる感じだったぞ」

「うーん……。あんまりそんな話は聞かないけどな。ちなみにどんな猫？　ちょっとここに描いてみて」

凪は宙に目を走らせ、小さく首を傾げると、カウンターの奥から小さなメモ用紙を取り出して万年筆と一緒におれの前に置いた。濃紺に金の飾りが施された、洒落た万年筆がカウンターの上でことんと音を立てた。

「え……描くの？」

「そうすれば、捜してる人に出会ったときにすぐに見せてあげられるでしょ」

「え、まぁ……それはそう、だけど」

ごにょごにょと呟きながら、しぶしぶ万年筆とメモ用紙を引き寄せる。絵なんてずいぶん長いこと描いていないけど、決して得意だった気はしない。まぁ、猫の絵くらいならおれにも描けるだろうかと甘い考えで見切り発車したことを、五分後壮絶に後悔することになった。

「…………やっぱ、描くんじゃなかった」

メモ用紙を眺めながら、肩を震わせて笑いをこらえている凪の横顔を、おれは恨めしい気持ちでじとりと見返した。凪の手元のメモ用紙には、おれが爆誕させた、この世のものとは思えない黒い塊が描かれている。

「……っ、いや、特徴はとらえてるよ、うん」

そう言う凪の声は完全に震えている。

「笑いながらフォローすんな！　これのどこに猫の特徴があるんだよ！」

完全なる逆ギレをかましながら、おれは凪の手からメモ用紙を奪い返した。もふもふの小さな黒猫を描く予定が、紙面をはみ出しそうな勢いの、針のような毛に覆われ世界を喰らい尽くしそうな目をした謎の獣を生み出してしまった。こんな生き物に特徴があると言わせてしまったことを、全世界の猫たちに謝りたい。

「黒猫、なんだよね」

「そんなの二文字で済むだろうが……」

最初からおとなしく言語化して説明しておけばよかったものを、無駄に「画伯《がはく》」の称号だけ得ることになってしまった。ため息をついてメモ用紙をくしゃりと丸め、ジャケットのポケットにむりやり押し込んだ。

「ごめん、ごめん。あれはあれで可愛いと思うけど」

凪はまだ楽しそうに笑いながら、そう付け加えた。

「おまえの美的感覚はいったいどうなってるんだ……」

べろべろのはんてんどころではない衝撃の美意識の低さに、おれは思わず半目で凪を眺める。自分が美しいと、他者や外界に求めるもののハードルはここまで下がるものだろうか。

「まぁ、とりあえず見かけたら気を付けておくよ。寅吉にも、意地悪したらダメだよって言っておかないと」

「寅吉は凪に懐いてるからな。凪に怒られるようなことしないだろ」

気まぐれに現われるトラ猫は、それほど人懐こいわけではないのだが凪にはよく慣れている。店にこそ入ってはこないものの、凪がたまに店の前を竹ぼうきで掃いているときに、どこからともなく現われては足元にじゃれついているのをよく見かける。

「可愛いよね。おれはどちらかと言えば犬派だけど、猫も可愛い」

「へぇ、犬好きなんだ。初耳だな」

画伯のダメージから立ち直ったおれは、クッキーを齧りながら呟いた。おれはどの動物も好きだけど、たしかに犬も可愛い。『ころわん』っていうシリーズの絵本に出てくるワンコとか、ページごと撫で回したくなるし。

もふもふを思い浮かべて表情を緩めていると、なぜか凪はこちらをじっと眺め、それからうんうんと頷いた。

「うん。やっぱり、犬派」

「……？　何を再確認してるんだ？」

よくわからない納得のしかたに首を傾げながら、再び動物が登場する物語や絵本に思いを馳せる。文学の世界でも、やはり子どもと動物には弱いので、号泣させられた作品は少なくない。

「そうそう、寅吉がね、最近よく撫でさせてくれるんだよね。あの子大きくてふわふわだから、癒されるんだ」

凪は思い出したようにそう言って、嬉しそうに微笑んだ。犬派、とか言っているけど凪も動物と子どもにはたいがい弱そうだ。

「そんなに好きなら、飼えばいいのに。寅吉なら喜んで棲みつきそうだけど」

一応ここは飲食店にあたるのだろうが、店の奥にある凪自身の生活スペースで飼うのなら問題はないはずだ。あまり深く考えずに呟いた言葉だったが、意外にも凪ははっきりと首を横に振った。

「飼わないよ。好きだから、飼わない」

「……？　なんで？　飲食店だから？」

湯呑の底に残ったグリーンティーを飲み干しながら尋ねると、凪がこちらを見返す目がほんの少し、深く複雑な色を帯びた。

「……自由で、いてほしいから」

そう呟いた凪の声が、どうして少し寂しそうに聞こえたのか。

どうして凪が、そんな風におれを見返すのか。

それは、わからなかった。でも、少しだけ、凪のことをずるいと思った。

「自由に生きるよりも、凪のそばにいたいのかもしれないだろ」

それはもう、寅吉の気持ちなんかじゃなかったけど。少し強めに響いたおれの言葉に、凪は微笑む。

「来てくれたときには、ちゃんともてなすよ」

それは極上の笑顔で、とてもとても優しい声だったけれど、おれは少し目を伏せて手元の湯呑を握りしめた。そのときにしか出会えない、刻々と遷り変わっていく土で焼かれたこの手触り。それは尊くて、でも儚く、脆《もろ》い。

「……お代わり」

ずいと湯呑を差し出すと、凪は目を瞬いて、それから表情を緩めた。

「お代わりもいいけど、そろそろお腹空かない？　ささっと和風パスタでも作ろうかと思うんだけど」

「……生ハムと、キノコのやつがいい」

「ふふ、了解」

凪は嬉しそうに小さく笑うと、スツールから立ち上がって慣れた仕草でカウンターに立ち、鍋を火にかけ食材を吟味する。

その滑らかな動作を眺めながら、カウンターに置いたままの、凪がおれのために探し出してくれた古書にちらりと目をやった。美しい装丁は、よく見ればやはりところどころが色あせ、擦り切れている。

「行き場がないから」、凪がここまで連れてきたかもしれない書物。ただ静かに本棚に並び、凪のそばで一緒に時間を越える本たちを、少し、羨《うらや》ましいと思った。

承：マッチ売りの少女はひとりきりで目を閉じない。

「ねぇ、マッチ売りの少女は凍えてしまうの……?」

ひとりきりで、目を閉じてしまうのだろうか。

彼女が旅立つ、その先の世界に家族の姿があれば、それは救いになるのだろうかと、今なら少し考える。でも、あのときのおれにはわからなかった。ただ、目の前の人物がその指でもう一度ページをめくれば、たったひとりで眠りにつく彼女の姿を見なければならないような気がして、辛かった。

目の前の美しい人は、おれの呟きに色素の薄い瞳を瞬いた。それから、絵本のページに添えていた掌をこちらに伸ばし、そっと優しく髪を撫でた。組んだ膝の上に置いた絵本のページに、長い指が触れる。思わず俯いて目を伏せたおれの頭上から、静かで、どこか掴みどころのない不思議な温度の声が、その物語の時間の続きを紡いでいく。

「マッチ売りの少女のマッチは、あるとき突然、たくさん売れるようになりました。しかも、マッチを買った人は、とても幸せそうな顔をして帰っていくのです。少女は不思議に思いました。ある日マッチをひと箱買ってくれたおばあさんに聞いてみると、おばあさんはこう教えてくれました。

『このマッチを持っていると、ほんの少しいいことが起こるって、街では噂になっているのよ』

女の子は驚きました。たくさんマッチが売れるのは嬉しかったのですが、自分が売っているのは本当にただのマッチで、そんな魔法はかかっていないことを知っていたからです。何度か来てくれるお客さんもいました。女の子は、ある日勇気を出して尋ねてみました。

『あの、私のマッチを買って、いいことはありましたか……？』

お客さんは少し考えて言いました。

『そうねぇ、昨日は星がきれいに見えたわ』

それはきっと、マッチのおかげではありません。少し困ったような顔をした女の子を見て、お客さんは笑いました。

『何かいいことがあるかもしれない、って思いながら過ごすと、なんでもないことがきらきら見えたりするものね。それって、けっこう素敵なことよ』

そうしてマッチ売りの少女は、天国の家族のところに行くまでは、街の人たちの『ちょっとしたいいこと』の話を聞きながら、楽しく暮らすことができましたとさ。……めでたし、めでたし」

ぱたん、と絵本の表紙が閉じられる。そうして、小さな少女はその温かい時間の中に閉じ込められる。おれは俯けていた顔を上げた。

「どうして、街にはそんな噂が流れたの？」

出鱈目で温かい物語の時間を紡いだ美しいその人は、可笑しそうに目尻を下げた。

「さぁねぇ……。もしかしたら、女の子が一生懸命マッチを売る姿を見た誰かが、そんな噂を流したのかもしれないね。今も昔も、街の人は噂話が大好きだから」

「…………ふぅん」

マッチ売りの少女が、初代「口コミでバズった」商売人だとわりと長い間思い込んでいたのは、たぶんおれくらいのものだろう。

「……う〜〜〜」

「……なに一丁前に唸ってんだ。豆柴のくせに」

休憩時間。食後のコーヒーを飲みながら、スマホの検索画面を見て唸るおれに、隣から蒼井が呆れた表情で声をかける。

「豆柴言うな。おれは昨今の文学界の動向と向き合っているのだよ、邪魔をしないでくれたまえ」

蒼井はデスクに置いたガムの容器を手に持ち弄びながら、書類の山越しにおれの手元を覗き込む。こいつはいつも眠いとき、あのアホみたいに刺激の強いブラックミントのガムを大量摂取する習性がある。たぶん、休憩時間の眠気覚ましにおれで遊ぼうという魂胆だ。その手に乗るかと、おれは蒼井の方は見ずに、ＳＮＳ上で話題のハッシュタグを打ち込みながら適当に返事をした。

「『泣ける』『話題の小説』『映像化作品』……。物は言いようだな……。デートプラン立てるにしてももうちょい捻れよ」

「うるせぇな。仕事に決まってるだろうが」

スマホの画面には、話題の小説の書影が次々と流れるように表示される。余命、孤独、記憶喪失……スクロールする指先に触れるあらすじだけでも、喉元がきゅっと締めつけられるような感覚がする。

蒼井はざらざらと音を立て、掌に出した黒いガムの粒を口に放り込みながら肩をすくめた。

「仕事、ってことは鈴代先生か……。おまえもめげないねぇ。おれもあの人の文章は好きだけどさ、本人が書く気にならないならしょうがないだろ。マーケティングで見れば、たしかに今の作風が市場で弱いのは事実だし」

「休憩時間と終業後におれが何しようと、おまえには関係ない」

「はいはい……。まぁ、気が済むだけやってみれば。『泣ける映画を観せて執筆意欲を引き出そう』なんて、陳腐《ちんぷ》な作戦だとは思うけど」

「………ぐ」

これだから、頭の回転が速くて性格が捻くれている同期なんて持ちたくないのだ。それでもそんな「陳腐な作戦」に打って出なければならないほど、おれは万策尽きている。蒼井の的確な指摘を視界から追い払うように、画面をスクロールする指先に力を込めた。

「映画？」

今日も今日とて代わり映えのしない人気《ひとけ》のなさと、店主の冴えないはんてん姿。見慣れた風景を眺めながら出汁のきいた茶漬けを啜るおれに、凪は不思議そうに首を傾げた。

「そ、たまにはいいだろ。前売り券もらったんだよ」

しれっと嘘をついて、スーツのポケットから取り出した映画の券を二枚ひらひらと揺らして見せる。単にここに来る途中で、昨日の残業代をはたいて買ってきただけなのだが。

「映画の券をもらえるなんて、なんか一流編集者って感じだねぇ」

「……ま、まぁな……。たまたまだけど……」

凪はおれの正面にスツールを置いて腰かけ、いつものようにおれの食事風景を眺めながら嬉しそうに微笑む。さすがのおれも良心が痛んだが、しかたがない。寒さと疲れをため込んだ身体にゆったりと染み込む、旨味の凝縮された出汁の味に混ざる少しの苦みは気づかないふりをして飲み込んだ。

「けど、せっかくなんだからおれじゃなくて、もっと他の人を誘えばいいのに」

凪は急須から湯呑に茶を注ぎながら、そう言って肩をすくめる。山椒《さんしょう》の風味が残る出汁の香りを堪能《たんのう》したおれは、茶碗をカウンターに置いて首を傾げた。

「他の人、って？」

「デート、とか。世間はクリスマス色だよ、柴」

困ったように苦笑しながら、凪はそう言って新緑の茶を啜った。温かさに上気した頬はほんのりと桜の色を帯びる。目元にかかる寒色の髪に白い肌。纏う色は涼しげなのに、凪には春の色がよく似合う。おれは勝手にそう思っている。

「あぁ……まぁ、そういうのの、下見？　みたいな」

そんな予定はまったくないが、凪に不審がられないためにと、なんとなくの意地と、五分五分くらいのブレンドでおれはもごもごと呟いた。そんなおれの様子をどう取ったのか、凪はふっと小さく笑う。

「なるほど。そういうことなら、協力させてもらいましょう。日曜日でいいの？」

「うん……じゃ、よろしく」

そのべろんべろんのはんてんは着てきてくれるなよとか、女の子に声かけられてもふらふらついていくんじゃねーぞとか……いつもの調子なら言ってやりたいことはいろいろあるはずなのだが、なぜかうまく喋れなかった。

凪の前だと、たまにおれは外の世界でかき集めるようにして身につけてきた拾いものの言葉を見失ってしまう。そうして、ただあったかい物語の続きをねだっていた、幼い子どものようになる。そうして、それも別に悪くはないような気がするのだ。

スマホという文明の利器を照明代わりにしか使わない凪に、待ち合わせの日時を走り書きしたメモを渡して、おれは店を出た。

約束の日曜日は朝から気温が低く、空もぼんやりと曇っていた。それでも、白い靄《もや》に覆われたように霞む街は、もうすぐ訪れるクリスマスや年末商戦の熱気がそこかしこに灯り、笑みを浮かべた人々の姿で賑わっていた。

「おはよう、柴」

少し早く着いたつもりだったのに、待ち合わせ場所にはすでに凪が立っていて、ひらひらと手を振りながら居場所を知らせた。待ち合わせ場所の定番、駅前の噴水の周りは人出も多く、普段は相手の姿を見つけるのにしばらくかかることもままあるので、地元人はあまり使わない。それでも、こと凪については、見つけるのにまったく手間取らないだろうという自信がおれにはあった。

すらりとした長身とどこにいても人目を惹く風貌。おれが見つけるよりも先に、道行く人々の視線が勝手に奴の居場所を知らせてくれる。その目論見はおおむね正解だったのだが、それでも凪の方が先におれを見つけてきたのは意外だった。自慢じゃないが、おれは凪と違ってどこにいても人に埋もれる。物理的に、だ。おまけに良くも悪くも道行く人が振り返るような外見のアビリティは持ち合わせていない。

朝っぱらから嫌なことを実感させてくる顔なじみに理不尽なモヤモヤを感じながら近づ

いていく。凪に引き寄せられていた周囲の視線がこちらに方向転換してくるのを感じてな
んとも居心地が悪いので、今度からこいつとの待ち合わせには場所を選ぼうと強く心に誓
った。

「なに、疲れた顔して。電車に酔った？」

「もともとこういう顔だよ……。凪はなんか元気だな」

そう言う自分の言葉に、ふと思い当たる。長い付き合いだが、こうして外で凪に会うこ
とはほとんどない。重たげな曇り空の下とはいえ、朝の明るさの中で見る凪の姿は新鮮で、
なんだかいつもよりも表情がはっきりと見える気がする。

「そうかな。こうして出かけるなんて久しぶりだからね」

さすがにいつものべろべろはんてん姿ではなく、モスグリーンのタートルネックに黒の
トレンチコートを羽織った凪の姿は、見慣れたおれですら少し眩しい。こんな明度の高い
奴と並んで歩くの嫌だな……と、今更ながら自分のさして特徴のない私服を見下ろし、小
さくため息をついた。

「こもってないでたまには外出ろよ。身体に悪いぞ」

「でも店もあるしねぇ」

「……おまえが外出控えなきゃならないほど、客来ないだろ。あの店」

思わず半目でツッコんだ。ちなみに、凪の「店」は一応古書店兼小料理屋らしいのだが、
週三ペースで凪に営業をかけに行っているおれですら、客の姿などほとんど見たことがな

い。凪が「店」だというのでそう呼んではいるが、その位置づけすら怪しいとさえ思っている。古都の閑静《かんせい》な路地裏にある古書店兼手作り料理と酒が愉しめる小料理屋、しかも店主は美貌の優男《やさおとこ》とくれば、SNSでプチバズっていてもおかしくない要素は盛りだくさんだと思うのだが、おれの知る限りあそこには長らく行儀のよい閑古鳥が居座って鳴き続けている。

「そう言いながら、柴は来てくれるでしょ」

「おれは、『客』ではないような……」

編集者として「鈴代凪」の居場所を突き止め、口説き落とすために通い詰めていたらいつの間にか店の常連客のような扱いになっていた。もうずいぶん長い間そんな感じではあるのだが、おれはあの店での飲食代はほぼ払っていない。いつも、凪が勝手に食事を出してくるからだ。しかもなぜか、おれが店に滞在《たいざい》する時間に比例して出される品数と食事のボリュームは増えていく。

最初はなかなかしたたかな商売人だと思って帰りに勘定を尋ねたら、「メニューにないものだから金は取れない」と頑《がん》として断られた。わけがわからないと思いながらも、凪の出す甘味や食事にはどんなときでも自然に手が伸びてしまう。いつしか、凪が自分から出してきたものについては代金を支払わずに食うという謎のシステムが構築されてしまった。

さすがにこちらの都合で連日顔を出すときなどは気が引けて、凪が調理を始める前にと急いでメニューから注文することもある。そういうときには、凪は何も言わずに代金を受け取った。あとは数か月前に一度、作家「鈴代凪」に会いたいと言った蒼井を店に連れていったときくらいだろうか。賞を獲ったときですら、まったくメディアに顔を出さなかった凪のことを蒼井が「あの美人」と呼ぶのは、そのときに一度凪と会っているからだ。

「柴は客でも、客でなくてもどっちでもいいんだよ。いつでも食べに来て」

凪は相変わらずのんびりとした掴みどころのない声で歌うようにそう言う。どうして凪がそんな風に言ってくれるのかはおれにはよくわからない。付き合いが長いから気心は知れているかもしれないが、それでも今のおれは凪にとってただの一編集者で、しょっちゅうタダ飯食いにやってきて、作風を変えて小説を書けと迫る厄介な人間にすぎないはずだと、それくらいの自覚はあった。

おれにとっての凪と、凪にとってのおれは全然違う。それなのに、凪はこうして日曜日の人ごみの中をおれと一緒に歩いている。

「ぼんやりして、どうかした？」

数歩遅れたおれを振り返り、凪は不思議そうに尋ねる。無限ループしそうな思考に囚《とら》われていたおれははっと顔を上げた。

「いや、なんでもない」

「あ、歩くの速かったかな」

「……それは、おれの歩幅がおまえの半分くらいだと言いたいわけか？」

「半分とは言わないけど、三分の二くらい」

「やかましい！　ちょいちょい脚の長さでマウント取るな！」

目的の映画館があるショッピングモール周辺は、クリスマスショッピングに繰り出してきた家族連れやカップルでごった返している。そんな人ごみの中で、当たり前に凪を見失わないおれと、なぜかおれを見失わない凪の仁義なき競歩による闘いはしばらく続いた。


「うーん。やっぱり大きすぎない？　こっちの方がいいと思うけど」

シンプルだが、袖口と胸ポケットにオシャレな刺繍《ししゅう》がさりげなく施された厚手のシャツ。見るからに質の良い肌ざわりに包まれながら、おれは凪がずいと差し出してくるサイズ違いのそれを一瞥した。

「……嫌だ。そのエスの文字を見ると心が折れる……っていうか、別に服要らないけど」

なんでおれは、こんなセンス良さげなセレクトショップで次々と試着をさせられているのか。買い物が嫌いなわけじゃないけど、今日の目的は違う。映画まではまだまだ時間があるからと、凪はショッピングモールの中を楽しそうに歩き回り、あげくおれを試着室に放り込んで着せ替え人形にして遊んでいるのだ。

「欲しいならおまえが着ればいいだろ。店員さんがうずうずしながらスタンバイしてるぞ」

女性スタッフも男性スタッフも、さっきからちらちらとこちらを窺いながら、凪に服を勧めるタイミングを計っているようだ。まぁ、無理もない。モデル顔負けのスタイルにこの顔面偏差値。おれの服を選んでいる場合じゃないだろうがと、首を傾げながらおれの肩にハンガー付きのシャツを当てる凪を呆れ顔で眺める。

「おれはいいよ。デートの下見なら、服も探しといた方がいいんじゃない？」

「……あぁ、そういうこと。そうだな、そうだった」

けろりと言われ、数日前の問答を思い出した。しょうもない意地で、妙な設定を背負う羽目になってしまった。自分で蒔いた種なので今さら突っぱねることもできず、おれはなんだか楽しそうな凪に次から次へとセンス良さげな服を渡され、結局そのシャツとVネックのセーターをお買い上げした。

「……凪って、まともなセンスの持ち主だったんだな」

名残惜《なごりお》しそうに凪を眺める店員から大きな紙袋を受け取り、ショッピングモールの端にある映画館に向かってぶらぶらと歩きながらおれは呟いた。

凪はいつの間にか手に持っていた同じ店の小さな紙袋を鞄の中に収めながら目を瞬く。

おれが試着か会計かしている間に、凪も何かを買ったのだろうか。

「なに、突然。おれのセンスってそんなに疑わしいレベルだったの？」

「疑わしいも何も……。壊滅《かいめつ》しているとばかり思ってた。特に最近はあの、べろんべろんのはんてん姿しか知らないし」

正直に答えると凪は可笑しそうに笑った。

「そう言えばそうだねぇ。柴に会うときはいつもあのカッコか。あれ、あったかいんだよ」

「夏も冬もだいたい黒のタートル一択だしな……。まぁ、あれはあれで絵になってると言えなくもないけど、はんてんはひどい」

もっと言えば、店に出ているときの服装以外に衣服を持っていたことにすら驚いた。オシャレをしたり街を歩いたり、そんなことは別に大したことじゃないはずなのに、どうにも、この男はそういう生活感みたいなのが乏しいのだ。つくづく、イケメンの無駄遣いが甚《はなは》だしい。

「そう？　じゃあ、店でももっと違う服装でいた方がいいのかな」

「………………」

おれは隣を歩きながら、凪の姿を盗み見る。シンプルに洗練された色合いの今日の服装。この姿で凪がカウンターに立っているところを想像してみると、なんだかあの閑散《かんさん》とした小料理屋がまったくの異空間になってしまいそうな気さえした。

「……いや、やっぱ今のままでいいと思う。なんか、落ち着かない」

「ふ、なにそれ。まぁ、おれもいつもどおりが気楽だから、たぶん変わらないだろうけど」

凪はそう言うと、どこか嬉しそうに表情を緩めた。

「………………柴、大丈夫？」

エンドロールが流れ終わったスクリーン前。満足そうな声を交わしながら、次々と席を立ち出口に向かう人々の中で、おれは座席に身を沈めたままぐっと顔を俯かせた。

「……今、しゃべりかけんな」

必死に平静を保った声を出すよう努めるが、零れたのはとんでもなく鼻にかかった呟き。俯いたままボディバッグの底に押し込んであるはずのタオルハンカチを探して、もぞもぞと身体を捩《よじ》ると、目の前に青いタータンチェックのハンカチがすっと差し出された。

「……」

悔しいが、背に腹は代えられない。表面張力（？）で留まっている目元の雫が零れ落ちるまであと数秒。おれは凪の手からハンカチを受け取り、なるべく素早くぐっと目元を拭った。

もう場内は明るいが、さすがに、目の赤みまでは判別されまい。そう判断してやっと顔を上げたおれを、凪は隣の席から覗き込んできた。

「よく耐えてたねぇ。最初の予告編段階でもうヤバかったのに」

「………………う、うるさい」

これが本当に凪の言う「デートの下見」だとしたら、おれはこの時点で白旗を上げ、すべての計画を返上する必要がある。凪に「泣ける映画」を観せるという作戦に目がくらみ、すっかり忘れていた。おれ自身が、昔からこの手の話に異様に弱いということを。

おれたちが観た映画は、家族から見放されたり家族を亡くしたりした子どもたちがそれぞれに成長して出会う青春群像劇。彼らは友情を得て、その中で複雑な恋に落ち、しかし幼い頃の記憶に縛られながら苦しみ傷つけ合う。結末は切なくも美しく、キラキラとした彼らの笑顔は強い光の残像となって瞼の裏に焼きついた。そしてそれと同じくらい、子ども時代の彼らが幾度となく流さざるを得なかった透明すぎる涙の色が喉をひりつかせ、胸を灼《や》いた。

「……動物と子どもは、ダメだ。破壊力が、規格外……」

ずずっと鼻をすすりながら、思わずそう零してしまう。凪はおれのつぶやきを聞き取ったのか目を瞬き、それからふっと小さく笑った。

「柴は、変わらないね」

「…………え？」

自分のくぐもった鼻声が耳をふさぎ、凪の言葉を聞き逃したおれは青いハンカチで目元を押さえながら凪の方に顔を向ける。凪はなんでもないという風にゆっくりと首を振った。

「そろそろ行こうか？」

そう言って立ち上がりかける凪に、やっと当初の目的を思い出したおれは縋るように食らいついた。

「あ、凪！　おまえもちょっとはウルっときただろ!?　どう!?　こんな話、書いてみたいと思わないか!?」

凪に借りたハンカチを握りしめたまま、タートルネックの袖口を引っ張るようにして尋ねる。立ち上がりかけた凪は、必死なおれの表情を見下ろしてにっと笑った。

「そうだねぇ。とても素敵な話だったけど、それ以上に柴がおもしろかったかな」

「は………？」

　おれの口から引きつった声が零れ、やっと熱の落ち着いた瞳には、おれを見下ろす馬鹿馬鹿しいほどにいつもどおりの凪の表情がはっきりと映り込んだ。

「さ、次はどこに行こうか？」

「……いや、次って……。おれの目的は……」

　敗戦確定のおれが振り絞る声も虚《むな》しく、凪は片手でおれの腕を掴んで簡単に座席から立ち上がらせる。途中からそれどころじゃなく手つかずだったおれのポップコーンをつまみながら、軽い足取りで出口に向かって歩き出した。


　ショッピングモールを出ると、いっとき微かに日が差していた空も再び厚い雲に覆われ、夕方に向かうひんやりとした空気がよそ行きの街を覆っていた。結局目的を果たせた気が一切しないまま、半歩先を歩く凪の背中越しに、すれ違う人波をぼんやりと眺める。

　両親に優しく手を引かれ、クリスマスにもらう予定のプレゼントについて嬉しそうに話している子どもたちの姿が幾度か目に映り、その表情に視線が吸い寄せられていく。

　満ち足りていて、でもそのことに気づかない表情は、どこまでも澄み切ってキラキラとしている。おれも、こんな表情で歩いていたのだろうか。「当たり前」のことはちっとも容易くないのだと、大人になるとちょくちょく知る。知るくせに、それ以上の頻度《ひんど》でそのことを都合よく忘れてしまう。そうやって、毎日を歩いているような気がした。

「………ば、しーばー」

「……へ？　わっ……」

間延《まの》びした声で名前を呼ばれ、大きな手にぐっと腕を引かれた。ぼんやりと脇見歩行をしていたおれは、間抜けな声を上げて凪の黒いトレンチコートにぶつかる。

「ごめ……」

「転ぶか轢《ひ》かれるか、おれにぶつかるかの選択肢の中では一番マシでしょ。ぼーっとしてどうしたの？　お腹空いた？」

「……違う。いい歳した男に言うセリフか……」

一体、この男の中でおれの年齢設定はどうなっているのか。人ごみを避けて洋菓子店の軒下で立ち止まった凪が、おれの顔を覗き込んで尋ねる声に思いきり呆れ声で返した。

「じゃあ、さっきの映画のこと思い出してた？」

「………」

ふわりと微笑み、凪はそう尋ねる。なんらかの確信があることを告げるとき、凪はよくこんな風に笑う。ずるい奴だな、と思うが、どうせうまくごまかせるような気はしない。のらりくらりで食えなくても、人間観察と感情の機微にはおれよりもよっぽど敏い。だから、なんでもない日常を描いただけの文章で人を惹きつけることができるのだろう。時折意図せずにちらつかせる、凪の「作家」の顔だ。

「……今の瞬間にもさ、こんなふうに街を歩けなくて、クリスマスの夢なんて見られない子も、いるのかなって思って」

ぽつりと呟くと、凪は目を瞬いた。曇り空から今にも降り出しそうな雪色の髪を透かして、琥珀色の瞳が可笑しそうに揺れるのを見て、おれははっと我に返る。

「いや、気にしないでくれ。また悪いクセ出てた……」

ぱっと顔を背け、人ごみに紛れ込むようにして歩き出す。凪はすぐにおれに追いつき、隣に並んだ。

「柴は相変わらず優しいね」

視界の端に、凪のトレンチコートの裾が軽やかに揺れるのが映る。そのリズムに合わせるように響く凪自身の声も、どこか弾んでいるように聴こえる。

「子どもっぽい、の間違いだろ……。どうせ現実と物語の区別もつかない、精神年齢底辺の編集者だよ、おれは……」

いつもこう。物語の世界に浸ると、登場人物に感情移入しすぎて、なんだかその人生が自分のすぐそばにある気がして、たまらなくなる。「誰も泣かない話を聞きたい」とねだっていた幼い頃の自分は、今もちゃんとおれの中にいるらしい。そんな子どもじみた思考を見透かされるような気がして、なんとなく凪の視線を避けるように項垂れた。

「何をひとりで落ち込んでるの。おれはそんなこと一言も言ってないでしょ。ねぇ柴、おれ、ちょっと行きたいとこができたんだけど」

「？　なんだよ、突然」

凪に薦《すす》めるはずのＤＶＤや小説で、いつも自分の方が涙腺崩壊させられるおれの習性を、すでに嫌というほど知っているはずの凪は、今さらおれをからかうような男ではない。そんなことは知っていたが、頭上から響くおれの心情とは裏腹のどこか楽し気な声に、思わず胡乱な目で見上げてしまった。

凪は印象的な瞳をすっと細めると、歩きながら少しだけ身体を屈め、おれの顔を覗き込むと悪戯っぽくにっと笑った。

「それは着いてからのお楽しみ。ってことで、店に戻ってご飯にする前に、ちょっと寄り道をしよう」

意外に近い距離と、突然告げられた聞いてもいない予定に驚き、おれは弾かれたように現実の温度に引き戻される。

「は？　っていうか、おまえの店に戻って飯食うとか言ってな……」

咄嗟に零れた抗議の言葉も虚しく、凪はおれの肩を押すようにしてさくさくと歩いてゆく。

「はいはい、行くよ」

「人の話を聞け！」

編集者というものは、往々にして作家に振り回されるものではある。しかし、そのことをおれにこれほど痛感させてくるのは、やはりこの男くらいのものだろう。

「あ、この書店最近できたんだよな！　すごい、コーヒーショップ併設でこの規模は今までなかったし、雑貨店との大型コラボも注目してたんだ！」

なんだかいろいろと疲れたおれは、結局大した抵抗もしないままに凪に連れられて大型書店に辿り着いた。

市内の中央部に最近オープンしたこの書店は、内装の美しさや品揃えの豊富さもさることながら、店内にコーヒーショップが併設されておりほぼすべての本を購入前に手に取って読んでみることができる。しかもその読書空間の充実ぶりたるや、温かな木の風合い漂うベンチには、地元のブランド材が使用され、和の庭園を思わせる美しい植栽が季節ごとに展示されている。生活雑貨の老舗《しにせ》ブランドとのコラボも打ち出しており、伝統工芸と近代アートを絶妙にブレンドした、どこか懐かしい食器や文具、雑貨の品揃えも充実している。弁当のレシピ本のコーナーに温もりを感じられる弁当箱が並んでいたり、カクテルの指南書やバーを舞台にした小説の傍らに、洒落たリキュールの瓶が配置されていたりして、文字通り「本と日常」がゆったりと溶け合い、心地の良い融合を果たしている。

このような新しいスタイルの書店というのは近年増加傾向にあり、本の状態管理の観点から見れば難しい点もあるのだろうが、いち本好きからすればやはり目を輝かせずにはいられない。出版に携わる立場からしても、本を手に取ってもらえるハードルが下がり、読者の幅が増えることにつながるのではとオープン前から注目していた。しかし実際に足を運ぶ機会がなかなかなく、今に至っていたわけだ。

「キラキラしてるなぁ。柴は本当に本が好きだね」

入り口付近からすでにちょこまかと動き回り、書棚の配置や企画展の案内をチェックするおれを眺め、凪は可笑しそうに笑った。

「そりゃ好きだよ。凪だってそうだろ？」

話題の新刊コーナーで気になっていた文芸書を発見し、早速手に持って最初の数ページを繰りながら答える。表紙をめくり、巻頭ページを通り過ぎ、最初の文字に出会うまでの澄み切った緊張感が好きだ。

この本はどんな表情を見せてくれるのか、この人の言葉はどんな温度で自分に触れてくるのか……文体や作風との「相性」というのはやはりあるものだから、その「出会い」を店頭で体験させてもらえるというのはありがたい。

凪は棚に吸い寄せられたおれの隣に立ち、おれが手に取った本と同じものが並んだ場所を眺める。長い指でそっと背表紙に触れ、優しく撫でるように手に取った。

「……うん、すごく好きだよ」

柔らかな表情と声。近くで本を探していた数人のお客さんが手を止め、凪の方を見ているのは、まぁ無理もない話なのだろう。

「……こんな会話ひとつで通行人を口説けるおまえが恐ろしいよ……」

「？」

思わず疲れた声が出た。凪は不思議そうに首を傾げてから、ぐるりと店内を見回し、奥のスペースに目をやる。

「で、何か欲しい本があるのか？　探すなら手伝うけど」

自分のペースで探索を始めると、たぶん半日ではきかない気がする。さすがに趣味と実益を兼ねた休日研修に凪を付き合わせるわけにもいかないので、それは次の機会にひとりで来たときにしようと思いながらおれは顔を上げた。

「うん。じゃあ柴、好きな絵本を三冊くらい探してきて」

「ん？」

凪は意外な依頼内容を告げながら、おれの背を押すようにして奥に見えている児童書のコーナーに向かっていく。書棚の高さが変わり、少し優しい色合いの装飾に囲まれたどこか懐かしい空間で、おれは立ち止まった。

「絵本？　なんで？」

「まぁまぁ、いいじゃない。とにかく、柴が好きな……元気が出そうな絵本を三冊、頼んだよ」

「あ、おい……」

凪は一方的にそう言うと、ひらひらと手を振りながらカウンターの方に向かって歩き出した。さっぱりわけのわからないまま、おれは黒いトレンチの背中を見送った。

いきなり児童書コーナーで放り出されたおれは、しかたなく凪の「依頼」を果たすためにぐるりと書棚を見て回った。

絵本コーナーには、色とりどりの美しい、可愛らしい表紙が並んでいる。ちょうどクリスマス前という季節柄、書棚の装飾は赤と緑に彩られたものが多く、中には絵本のキャラクターを模した羊毛フェルトのぬいぐるみなんかもあった。クリスマス絵本の棚のすぐそばには、木製のおもちゃやカードゲームが陳列されたコーナーも併設されており、なんだかこの空間そのものがプレゼントの詰め合わせみたいでわくわくする。表紙をこちらに向けて綺麗に並んだ絵本の中には、おれが子どもの頃から知っているロングセラーや、凝った仕掛けが施された新しいものもあり、いろんな時間と思い出が溶け合っているようでなんとも温かい空間だ。

この棚の前に立つ人は、「この本を読んでほしい」と思いを込めて子どもたちのための本を選ぶのだろう。「元気が出そうな」という、凪の言葉を思い出しながら書棚を眺め、手に取ってぱらぱらとめくるたびになんとなくゆったりとした気持ちになった。

クリスマス特集のコーナーから最後の三冊目を選んで手に取ったとき、タイミングを見計らったかのように凪がこちらに向かって歩いてきた。今までどこにいたのかわからないが、特に本を買ったような様子はなかった。

「見つかった？」

「あ、うん。何に使うのかわからないけど、一応この三冊」

手に持った大きさもばらばらの本を差し出すと、凪はおれの手元を見下ろしてふっと微笑んだ。

「柴が小さい頃に読んだ本？　どれも、ロングセラーだね」

さすがによく知っている。おれ自身も本は好きだし、この職業についてからは仕事上で必要なこともあり、読書量はけっこう多い方だと思うのだが、それでも凪にはかなわない。どんなジャンル、どんな年代のものでも、凪に聞けばたいていの書物のことがわかってしまうほど、この男は書物に関して博識だった。

『どうぞのいす』、おれも好きだよ。絵も可愛らしいよね」

「うん。これは何度も読んで、いっときは暗誦《あんしょう》できた気がする。『こんとあき』もめちゃくちゃ可愛い。ちょっとハラハラしたり、ふたりを応援したりしながら読んだなぁ」

「これはクリスマスにぴったりだね」

ちょっと悪戯っぽい表情の真っ白なウサギが描かれたシンプルな表紙を眺め、凪は瞳を細めた。

「『子うさぎましろのお話』。なんか憎めないんだよな、この子。『サンタベアーのクリスマス』も好きだったけど、こっちにした」

おれはこういう絵本を、ほとんど図書館で読んでいた。図書館に行けば、優しい本とあったかい時間に会える。そんな感覚がじんわりとよみがえり、凪に本を手渡す指先はさっきまでの寒さと少しのこわばりから解かれていくように感じた。

「柴らしいチョイスだね。じゃあ、一緒に届けに行こう」

「？　届けに？」

「そう。柴が選んでいる間に必要なことは確認しておいたよ。ブックサンタっていうの、聞いたことない？」

凪の言葉に、おれは目を瞬いた。編集者の端くれとして、全国のNPOと書店が連携し、子どもたちに自分が選んだ本を「プレゼント」できるというその取り組み自体は知っていた。でも、やっぱり凪の方が上手《うわて》なのだ。「知っている」だけなのと、こうして、ちゃんと「必要なとき」にそのことを引っ張り出してこられるのとは、全然違うレベルの話。

「…………知ってる」

降参の意を込め、肩をすくめてみせたおれに、凪は柔らかく微笑む。

「柴の頭の中にいる『クリスマスの街を歩けない子』に、本の世界をプレゼントしよう。あったかくて、自由で、きっとどこまでだって遊びに行ける。素敵なクリスマスになるように」

「…………凪は、すごいな」

「元気出た？」

「……うん。ありがと」

凪が紡ぐ文章は温かい。それは、凪自身の温かさだ。そのことを実感するたび、言葉は借り物でも、装飾品でもないのだと思い知る。その人が紡ぐ言葉は、その人自身だ。

書店のカウンターで、店員から「お礼」のステッカーを受け取った凪は、クリスマス色の可愛らしいイラストを楽しそうに眺めている。そんな凪の綺麗な横顔を見ながら、なんとなく口元が綻《ほころ》ぶのを感じ、今日の大敗は棚上げしておいてもいいかなと思った。


「そんなに作んなくてもいいぞ。おれの方が付き合わせたのに、飯まで悪いし……」

結局一緒に戻ってきた凪の店で、カウンター越しにてきぱきと調理を進める凪の姿を眺めながら、おれはそう言って茶を啜る。

腹が減っているなら外で食えばいいだろというおれの主張をのらりくらりと躱し続けてここまで引っ張ってきた当の凪は、いつもの定位置に立ち鼻歌でも歌い出しそうな表情で天ぷらを揚げていた。

「まぁまぁ。柴はいつも忙しいんだし、せっかくの休みなんだからのんびりしてよ。この間いい野菜をたくさんもらったから、食べさせたかったんだよね」

凪がそう話す間にも、辺りには香ばしい匂いが漂い、こんがりとキツネ色に揚がった天ぷらがどんどん目の前の皿に盛られていく。肉厚のしいたけ、明太子をまぶしたれんこん、ごぼうと鮮やかなにんじん、ふんわりとした茄子《なす》と、それからシソで巻いたササミ。

「いつにも増して、豪華だな……」

さすがに悪いなとは思うのだが、それでも思わず喉が鳴る。それにしても、いつもの軽食や甘味どころではないボリュームに目を瞠った。

「今日は、たくさん一緒にいたからね」

凪はなぜか少し困ったような表情で微笑むと、小さく肩をすくめた。

「？」

どういう意味だかわからずに、おれは首を傾げた。盛大に目論見を崩されたとはいえ、そもそも勝手な「作戦」のために凪を連れ出したのはおれの方なのに、その上にこんなごちそうオプションまでいただくのは気が引ける。目の前に積み上がっていく天ぷらを眺めながらもなんとなく箸を伸ばせずにいると、凪は心配そうにこちらを覗き込んできた。

「柴、大丈夫？　疲れてる？」

「や、ちっとも疲れてないけど。凪も食べろよ」

一日街を歩き回ったくらいで疲れるようなか弱さは持ち合わせていない。ただ、なんとなく身体がふわふわとしているような心地はあった。クリスマス色の街、心に沁みる極上の物語……最近仕事のことばかり考えていたおれには、今日の時間は少し戸惑《とまど》うくらい色鮮やかだったからかもしれない。

凪はじっと観察するようにおれの顔を眺めると、手元で揚げていた天ぷらを皿に加え、桜模様の菜箸を置いてカウンターの中から出てきた。

「そうだね、じゃあ一緒に食べようか。……あ、忘れないうちに、これ」

おれの隣に座りながら、凪はスツールの上に置いていた鞄の中を探る。おれが服を買った店の紙袋を取り出し、おれの前に差し出した。

「ん？　おれに？」

目を丸くして聞き返すと、凪は頷いておれの手元に紙袋を押しつけてくる。条件反射的に受け取ると、ナチュラルな風合いの茶色い袋がかさりと音を立てた。凪の鞄の中で少しよれたのか、口の開いた紙袋の中にもこもことした質感の、暖かそうなネックウォーマーが入っているのが見える。落ち着いた上品なベージュで、ところどころにさりげない色の濃淡が交ざっているのが洒落ている。スーツにも合いそうだ。

「………なんで」

ぽつりと零れる。凪のそばにいると、わからないことが多いのだ。視界の端に映る山盛りの天ぷらと、ふわふわと心地の良い温かさ。どうして凪はおれに、こんなにもいろいろなものをくれるのだろう。

「映画のお礼。あと、最近寒そうだから。ここに来るときいつも首すぼめてるでしょ、亀みたいに」

凪はなんでもないような声でそう言うと、おれの隣で天ぷらに箸を伸ばす。凪が綺麗な箸遣いで天ぷらを頬張ると、さくっとお手本のような音がした。

「……今度、なんか礼するから」

やっとのことで絞り出した声に、凪の可笑しそうな笑い声が重なった。

「お礼のお礼？　柴らしいけど、そんなの気にしなくていいよ。それより、天ぷらたくさん食べて」

凪はそう言って、天ぷらを盛った皿をこちらに押しやる。箸を伸ばそうとした手は、宙で縫い留められたように止まってしまった。

こうして、凪がくれるもので身体を、心を満たして、おれはいつだって温かさの中に居られる。凪がくれる温度は、いつだって全部、大切だ。

でも、本当はその温かさの奥で、見えないくらいの片隅で、ずっと怯え続けている。大切なものを増やすことは、失えないものを増やすということ。凪がくれる温かさで呼吸をしているような毎日に、「もし……」という一言がちらつくたびにひやりとする。だから、ぬくもりに近づきすぎるとどうしていいかわからなくなって、滑稽なほど臆病になる。

「……ごめん。やっぱり帰る」

「え？」

「おれ、明日早いから。……今日はありがとうな」

声が揺れないうちにと一気に言い終えると、おれは椅子の背に掛けていたコートとバッグをひっつかむようにして席を立ち、俯いたまま戸口に向かった。

「柴」

凪の声が背中から追いかけてくるが、振り返ることはできなかった。昼間に緩まされた涙腺はちっとも言うことを聞かない。今日はもう今さらな気もするのだが、それにしてもこれ以上凪の前で醜態《しゅうたい》をさらしたくはない。揚げたての天ぷらに未練はあったが、それも凪の声ごと振り払うようにしてぴしゃりと引き戸を閉めた。

街灯の灯りすらほとんどない真っ暗な道を早足で進む。寒さは嫌いだ。でも、温かさを知らなければ、こんなに寒さを感じることもなかったのかもしれない。

この温かさを知っていることが、幸福なのかどうかはおれにはまだわからない。わからないけれど、たぶんもう離すことはできないのだろう。だからきっと、明日からもこの道を歩くことになる。身体に馴染みすぎた温かさを失くさないために歩くこの道の景色はいつも美しくて優しくて、そして鮮やかすぎる光を見たときのように少し沁みて、痛い。

おれが凪に「泣ける話」を書かせたい本当の理由を知ったら、あの笑顔はどんなふうに曇るのだろう。

凪にもらったふわふわのネックウォーマーで口元を覆う。間近に迫りぼんやりと見える柔らかなファーの繊細な毛先に、透明な雫が触れた気がした。

転：人魚姫の愛は言葉を超えたっていい。

「難航してるか、柴」

しんとした会議室、ほんのりと温かさの残るコーヒーの紙コップを両手で包み、おれは正面に座る人物を見返した。

ロマンスグレーの髪を綺麗に整え、濃紺に金の模様が美しいネクタイが映えるスーツ姿で落ち着いた表情で微笑むその人は、おれの上司。所属する編集部を束ねる編集長だ。

「申し訳ありません。他の業務に支障は出ないようにしますから」

おれが「鈴代凪」を追いかけ続けていることは、もはや編集部内でも周知の事実。にもかかわらず一切勝算の上がらないおれを、自身の管轄内《かんかつない》である程度泳がせてくれているのはこの人の温情と手腕の賜物だ。そろそろ「いい加減にしろ」と怒鳴られてもおれには文句を言う余地などない、はずだったのだが、目の前にはプレミアムブレンドの美味いコーヒーが差し出され、編集長の柔和な笑みは変わらない。

「支障が出るようならとっくに首根っこ掴んで机に縛りつけている。おまえの仕事ぶりは多方面から信頼されているようだし、おれも説教をするつもりはないよ」

「ありがとうございます……」

実際、最近では凪のところに行くのはほとんど業務の時間外。少し前に盛大に「フラれ」、しかも凪の厚意を突っぱねて逃げ出してきてからは、まだ一度も凪の店を訪れてはいなかった。再会して凪の店を知ってから、一週間以上顔を見ないのは初めてかもしれない。自分でも、なぜいつもどおりの顔をして凪に会いに行けないのか、その理由はよくわからなかった。ただ、凪のことを考え出すと少し喉元が詰まるような感覚がして、目頭が熱くなる。そんな状態だから、今はなるべく考えないようにしていたかった。担当している作品の刊行時期も近づいているため、スケジュールはすべてそちらを優先して、不測の問い合わせ対応や作家さんのケアも綿密にできるよう、必要最低限の出張以外は、社内にいる時間を延ばしている。

とはいえこのまま「鈴代凪」を諦めるつもりもないので、編集長から直々の謹慎《きんしん》命令が出なかったことにはひとまず安堵の息を吐き、柔らかな苦みが溶け込んだ香りを吸い込んだ。眠気と闘うという効能を期待せずに飲めるコーヒーは贅沢《ぜいたく》で、美味い。ずず、とスマートさとは程遠い音を響かせて社内の自販機イチ高級なコーヒーを啜るおれを眺めながら、編集長はすっと探るように瞳を細めた。

「ただ、いち編集者として興味があるんだ。『鈴代凪』の何が、おまえをそこまで衝き動かすのか」

「……それは……」

「あの人の文章はおれも好きだ。初めて読んだときには、自分なら気にも留めずに見過ごしてしまう日常を、あれほど慈しみながら文章に閉じ込められる人がいるのかと驚嘆した。単に文章がうまいだけじゃない。あの筆致の温かさは得難《えがた》い才能だ」

「……はい。おれも、そう思います」

「だが、その温かさ以上に強く残るものがあるかというと……難しい」

「…………」

編集長の目は、いつも曇らない。凪の文章の「本質」は、おれよりもずっと的確に見抜いている。もしかしたら凪自身もそうなのかもしれない。あの温かさに上気し、曇ったままの目で歩いているおれとは違う。

「これは、『編集長』としての意見だ。市場で、『泣ける』と言われる物語が強く求められるのは、人間の本質として理にかなっているんだと思う」

「本質、ですか」

「そうだ。人は往々にして、居心地の良さや温かさよりも、痛みや悲しみの方を強く記憶する。幸福や愛情は辛苦の上にあってこそ輝くのであって、痛みを伴わないただの温かさは、次第に普通になり、やがて忘れ去られていく。それが、本当はとても得難く、尊いものであったとしても」

「……哲学的ですね」

「無駄に本ばかり読んでいるからな。たまにこうして格好つけた言い回しをしたくなるんだよ。困った職業病だ」

「でも……おっしゃっていることはわかります」

『鈴代凪』の文章は、編集長の言った「忘れ去られていく温かさ」を体現している。手に取った人を確実に温めることができる。でも、その温かさは人の胸を裂き、消えない刻印を記憶に残すようなものじゃない。だから現実として、数年前に脚光を浴びたはずの凪の才能は、いまや文学界の片隅で朧《おぼろ》げな光を辛うじて遺しているに過ぎない。

編集長はおれの言葉を聞いて、探るようにこちらを眺めていた印象的な目元をふっと和らげた。

「まぁ、何にせよもう少し、おまえの『編集者』としての葛藤を見守ることにしよう」

「ありがとう、ございます」

「あぁ、そうだ柴」

「？」

「今度、久しぶりに飲みにでも行くか。ただの『本好き』として語り合うのも、たまにはいいだろ」

「……はい。喜んでお供しますよ」

「編集者」と「本好き」の顔は、別物じゃない。でも、まったく同じわけでもない。おれたちは本を「ビジネス」として成立させることで、初めてたくさんの人の手元に物語を届けることができる。自分が心惹かれるもの、良いと思うものと、商品として成り立つものの結び目を探し、ときには手探りで葛藤することもある。それでもその葛藤は、表現が綺麗ごとじゃなく現実として人の手に残り続けるために必要なことだと思っている。だから、編集長の言うことは本当に正しいし、その上でおれの勝手を認めてくれるこの人の度量には、頭が下がる思いしかしない。

つくづく、おれは分不相応に人に恵まれすぎていると思いながら手元に残ったコーヒーを啜った。

「コーヒー付きの説教タイムは楽しかったか？」

編集部に戻り席に着くと、隣から蒼井がにやにやしながら声をかけてきた。前言撤回《てっかい》。「恵み」と呼べないやつがここにいた。

「楽しかったよ。おまえの隣に座っている時間の百倍は楽しかった」

そう言いながら、左側は見ずに手元の書類に戻る。書店ごとの売り上げデータ、ネット上の反響、書評サイトの登録数……さまざまな数字の上位にはやはり、今日も斬新かつどこか切なさを孕《はら》んだテーマを扱った、珠玉の作品たちの名が並ぶ。

「それはそれは。てっきり『鈴代凪』の追っかけ解任でもされたかと思ったのに、予想が外れたな。無罪放免おめでとう」

「………」

にやにや顔を貼りつけたまま、嫌味たっぷりにのたまう蒼井の顔を思いきり睨みつける。

おれよりずっと整理され片づいた蒼井の手元に、校正中の原稿が見えるのが惜しい。そうでなければ飲み残しのコーヒーをぶちまけてやるのに。

「おれの動向より、そっちやれよ。集中切れたからって絡んでくるな」

「集中切れた状態でダラダラやるなんて原稿に失礼だろ。おれのMP《マジックポイント》回復にくらい貢献しろ、他に大して取り柄ないんだから」

「……潔く開き直りすぎだろ」

どうしてこうも、この男は自由なのだ。とはいえ蒼井の処理能力の高さは編集部の中でも群を抜いており、蒼井が担当した原稿は、最終的に専門の校閲に出したときでさえほとんどチェックが入らない。誤字脱字や表記ゆれ、文体の齟齬《そご》など形式的な部分だけではなく、専門的な内容や用語の扱いにも驚くほど精緻なチェックをかける。そのために、蒼井は多忙な合間を縫って膨大なジャンルの専門書を読み込んでいるし、著者をサポートするための取材や資料検索にも労を惜しまない。そして嫌味な物言いは別として、蒼井はそういう努力を一切ひけらかさない。当然みたいな顔をして、誰よりも努力する。そういう姿を、おれはこの席ですでに何度も見ている。

「完璧な人間は、いるようでいないよな……」

編集者としての手腕も情熱も、諸手《もろて》を挙げての賞賛に値するはずの同僚の「残念ポイント」はなんと言ってもこの口の悪さだろう。まぁこれも、ちょっとした休憩モードのときにしか発揮されないからおれ以外に実害はないのだが。

疲れた声のおれのつぶやきを聞き取ったらしい蒼井は、「はぁ?」というように眉根を上げた。そんな雑な表情をしていてもイケメンだとか、いよいよもってタチが悪い。

「いや、なんでもない。蒼井、池内《いけうち》先生の刊行記念イベントの詳細送っといたから確認頼む」

「あぁ、わかった」

蒼井はぐっと伸びをすると、すぐに仕事モードの表情に切り替わって返事をした。デスクに貼りつけた業務のチェックリストに目をやると、さしあたっての優先項目にはもれなくチェックがつけられている。久しぶりに早く上がれそうなので、今日あたり……といつものくせで考えかけて、すぐに思い直して、浮かんできた凪の顔を振り払うように頭を振った。もう少しの間くらいは、大丈夫なはずだ。あの温かさから離れても、完全に手放すわけじゃない。少し、ほんの少しだけ、凪がいない時間に、世界に、本来おれが慣れていくべき温度に、身体を馴染ませたいだけだ。

「……?　どうかしたか、妙な顔して」

おれの積み上げた書類の山越しに、蒼井が怪訝な表情を覗かせて尋ねる。その現実的な声の温度に引き寄せられるようにして、ふっと呼吸が楽になった。

「いや、別に」

へらりと笑って見せ、手元の書類に戻る。冷めきったコーヒーが体温を侵食していくような気がして、視界の端に映るカップをぐいと遠くへ押しやった。

すっかり日の落ちた駅までの道に灯り出した街灯の、無機質な光の羅列《られつ》をぼんやりと眺めながら歩く。今日は一日天気が良く、昼間にオフィスから眺めた外の風景は、陽が当たって暖かそうだったので、夜の冷え込みもそこまでじゃないだろうと勝手に高をくくって、いつものベージュのネックウォーマーは会社の共同コート掛けに置いてきてしまった。最近当たり前のように肌に触れていたもふもふとした柔らかな感触がない首元は、単に冷たいだけじゃなく、なんだかおさまりが悪く、無防備な気がする。頼りないよれよれのダッフルコートの襟を無理やり引っ張り合わせながら、俯き加減で駅に向かった。

駅の手前で、いつものようにコートのポケットに収まった定期入れを出す。だいぶ年季が入っていて、革は端の方から撚《よ》れて微かに変色し、透明のカバー部分がべろりとめくれそうになっている。元々それほどモノが良かったわけでもないのに、そういえば社会人になってから一度も買い替えていなかったなとぼんやりと考えていると、不意に、駅のロータリーに並ぶ街路樹が一斉に不穏《ふおん》な音を立てた。

ゴウ、という腹の底に響くような音がして、常緑樹《じょうりょくじゅ》の葉が乱暴にぶつかり合う。駅を見下ろすように鎮座する山から時折吹き下ろす、突発的な強風だ。足元に落ちた乾いた葉が舞い上がる気配を感じ、咄嗟に腕で目元をかばう。飛ばされた新聞紙や、道行く人のコートの裾や、電線の上で慌てる鳥たちの羽音が雑に合わさったようなバサバサバサ、という乾いた音が通り過ぎ、すぐに静寂が訪れた。音を吸い込まれたように一瞬の沈黙に包まれていた駅前は、すぐに元どおりのざわめきを取り戻す。

「もー、びっくりしたぁ」

「すごかったよな、今の風」

少し高揚したようなそんな声をぽつりぽつりと拾いながら、どこからか飛んできてコートについた落ち葉を払い、手に持ったままだった定期入れに目を落とした。

「……あの」

遠慮がちな声が聞こえ、ふと隣を見るとマフラーをぐるぐる巻きにした高校生らしき女の子が立っていた。制服のブレザーの袖口からたっぷりと零れているカーディガンの袖も、ちょっと心配になるくらい短くしたチェック柄のスカートも、先の方がかなり明るくなったふわふわ巻きの髪も、いかにも「今風の女子高生」みたいな子で、こう見えてアラサーサラリーマンなおれは一瞬怯む。おれ何かしたっけ、と考える間もなく、女の子は風で形の崩れた髪を撫でつけながら大きな瞳でこちらを見返した。

「あの、さっき、なんか飛んでいったみたいだけど、大丈夫ですか？」

「え？」

「さっき、風が吹いたとき。お兄さんの手元から、小さい紙みたいなの、飛んでいったみたいに見えて」

女の子は手振りであっち、というように大通りの方を指しながら、なんとなく覚束ない言葉遣いでそう話す。たぶん、勇気を出して話しかけてくれたのだろう。マスカラで綺麗に整えたまつ毛の奥の瞳は、まっすぐにおれを見ている。

「あ、ありがとうございます。でも……」

手元、と言われて咄嗟に手に持った定期入れを開く。そこには、会社と自宅アパートの最寄り駅名が書かれた定期がきちんと収まっていた。

「ちゃんと、あるみたいです」

顔を上げ、にこりと微笑んでそう言うと、女の子は安心したように笑い返した。

「よかったです。それじゃ」

「うん。わざわざありがとう」

ぺこりと小さく頭を下げて歩いていく、優しい後姿を見送りながら、さっき彼女が指さした方向にちらりと視線を送った。歩き出す前に、もう一度手元の定期入れを眺める。

ここに、何か入れていいたっけ？

かくかくとした文字で書かれた定期だけが収まった革のケースは、なんだか少し物足りないような気がした。でも、定期入れに定期が入っているのだから、差し当たっての問題はないはずだ。

「……経費精算のレシート？　千円札とかだったら凹《へこ》むな……」

おれはそれほど整理整頓に長けた人間ではないので、大事なものを「とりあえず」どこかにしまい込んでしまうことはけっこうある。なのでとりあえず今思いつく「大事なもの」を挙げてみたけど思った以上に大したことのないラインナップだったので、少し虚しい気持ちになっただけだった。まぁ、思わぬところで親切な女子高生に出会えてほっこりできたのだから、経費立て替えのレシートくらいなら北風にくれてやろう。そう思い直して定期入れを再びポケットに押し込むが、なぜかその感触から手を離すことができなかった。

何かが喉元に詰まったような、少しおさまりの悪い感覚に首を傾げながら止まっていた足を踏み出す。改札前で、ふと自宅とは反対方向のホームに向かおうとしていることに気づいた。

「………?」

どこか、仕事帰りに寄るところがあっただろうか。ぼんやりとしていた、というよりはむしろ意識的にそちらへ向かおうとした自分の身体に奇妙な違和感をおぼえ、頭の中を探る。何かを、見落としているような気がした。失くすべきではない、何か大切なもの。

もう一度、手元の定期入れと、ホームの表示を見比べる。念のためスマホを取り出してスケジュールの確認をしてみたが、仕事関係のリマインドは特になかった。

家に帰り、暖房のスイッチを押すと聞き慣れた風の音が響き出す。静かで、整った時間だが、いつもよりも寒さが沁みるような気がする。きっと毎日のように更新される、「今年一番の冷え込み」のせいだろう。晩飯に温かいものでも買ってくればよかったと思いながら、ソファに寝ころんでぼんやりと天井を見上げると、思考の奥底から奇妙なお伽噺がよみがえってきた。

「人魚姫は、美しい声を失ってしまったんだ」

「声を失くすと、どうなるの？」

幼いおれは、首を傾げる。目の前の美しい人は、おれの不思議そうな表情を見てふっと口元を緩めた。

「そうだねぇ……お歌を歌えなくなるかもね。人魚姫は、歌が大好きだったから」

「歌が歌えなくても、楽器があるよ。おれのリコーダー、貸してあげてもいい」

そう言って、ランドセルの中に押し込んだままの長細い袋を取り出す。人魚姫は歌が好きで、たくさんの音楽を知っている。きっと、おれよりも上手に音を鳴らせるだろう。

「練習が嫌だからって、人魚姫に押しつけちゃだめだよ」

その人は可笑しそうに笑いながら肩をすくめる。目元にかかる長めの前髪が、笑い声に合わせてふわりと揺れた。

「だって……。最近毎日居残りなんだ。図書館にもあんまり来られないし、嫌だよ」

「そうか、頑張っているんだねぇ。きっと、リコーダーが吹けたら素敵だよ」

「そうかなぁ……。参観で発表があったって、お父さんはどうせ来てくれない。他の子はもうみんな合格してて、一緒に練習する子もいない。いいことなんてないよ……」

思わず俯きながら呟いた。お伽噺の中では、お姫様にも王子様にもいろんな試練が待ち受ける。でも、現実の世界だってなかなかに大変だ。魔法の呪文なんかないし、意地悪な魔女ですら現われない。それでもおれには、この場所があるだけマシかもしれないけれど。

不貞腐《ふてくさ》れたように黙り込んだおれの頭に大きな掌が触れ、柔らかく髪を撫でた。

「人魚姫といっしょに頑張ってごらん。一生懸命な気持ちは必ず届くものだよ」

「人魚姫は練習しないよ……」

「お話の中でするんだよ。人魚姫はね、王子様にどうしても伝えたいことがあるんだ。でも、声を出せなくなったから言葉では伝えられない。他の方法がいるだろう?」

「それがリコーダーなの?」

「そうだなぁ……貝殻で作った笛にしよう。きっと優しい波の音がする。人魚姫が聴いていた、大好きな海の音を奏でて、王子様に気持ちを伝えるんだ。音を聴いた海の仲間たちも応援してくれるかもしれない」

嬉しそうに話す表情を見ていたら、「なんだそれ」とは言えなくなった。きらきらとオーロラ色に光る大きな巻貝で、想いを乗せた歌を奏でる人魚姫はきっと素敵だ。このお話の結末はまだ知らない。けれど、青年の膝の上で閉じられたまま置かれている絵本の表紙は、深い深い蒼《あお》で覆われ、銀色の儚い線で描かれた可愛らしい人魚の姫は、今にも泣き出しそうな切なげな顔をしている。

この子が、泣かないでいてくれればいいなと思った。一生懸命貝殻の笛を練習したら、彼女の想いは曲に乗ってちゃんと届いて、この悲しげな表情は晴れるのだろうか。そう思うと、ずっとどこか余所余所しかったクリーム色と茶色のリコーダーが、少し親し気に見えてきた。

「おれが練習を頑張ったら、その話の続きを教えてくれる？」

「もちろん」

優しくも力づよい声でそう言ってくれたあの人に見送られて、あの日図書館を後にした。


ぼんやりと目を開けると、代わり映えのしない殺風景な部屋が視界を覆う。なんだか優しい夢を見ていたような気がするけれど、相変わらず身体は重く、肌に触れる空気は冷たい。

一体何を思い出そうとしていたのだろうと考えてみても、朧げな記憶は掴えない海の青のようにどこまでも透明でそのくせ触れると霞んで、どうしても掴めない。ため息をひとつついて、そのまま目を閉じた。

昼休みの自販機前。ぼんやりとした頭を覚ますためのコーヒーを求めて立ち寄ると、蒼井と編集長が何やら楽しそうに話しているのに出会った。と言っても、遠目にも楽しそうなのは編集長ひとりで、蒼井はいつもどおりいまいち感情の読めない仏頂面である。

「あ、柴。休憩か？」

編集長は近づいていったおれに気づくと、気さくな笑顔で軽く手を挙げた。今日はパープルの濃淡が美しい洒落たネクタイ。スマートな二人が並んでいると、残業続きで胃もたれするほど見慣れた会社の一角ですら、なんだか絵になる。そんな風景を目の保養で眺めているかもしれない通行人の視界に突然フレームインするのは気が引けたので、周囲を軽く見渡して人気《ひとけ》がないことを確認してからホットコーヒーのボタンに近づいた。自販機で飲み物ひとつ買うのに、なんでこんな気の遣い方をせにゃならんのかと、少しの理不尽さを感じるものの、蒼井と編集長が何を話しているのかは気になる。

「はい。眠気覚ましに……あ、もしかして蒼井が何かしでかしましたか？」

「……違う。っていうか、何期待したような顔してんだ」

蒼井は呆れたようにそう言うと、手元のブラックコーヒーをずずっと啜った。蒼井が説教を食らっているとかなら面白かったのだが、そうではないらしい。残念だ。

「はは、おまえたちは仲がいいなぁ」

「「よくないです」」

かぶせ気味の抗議が綺麗にハモり、おれと蒼井はにらみ合う。そんな様子を、編集長は可笑しそうに笑いながら眺めた。

「いや、今うちの編集部で目を付けてるネット小説なんだが、霊媒《れいばい》の話が含まれていてな。メインの筋ではないんだが、目の付け所がおもしろいと思って蒼井に解説してもらってたんだよ」

「……？　なんで、蒼井が解説を？」

編集長が、いわゆる「ライト文芸」と呼ばれる作風にも精通しているのは今さら驚くべきことではない。サイト、ブログ、ＳＮＳなどの多様な媒体《ばいたい》を得て、一見飽和状態の作品の山の中から、原石を拾い上げてくる手腕も健在。そんな編集長が目を付けた作品がどのようなものかも気にはなったが、もうひとつの内容にもおれは首を傾げた。

「あれ、柴は知らなかったのか？　蒼井の実家は、由緒ある寺だからな。蒼井は継《つ》ぐ気はないみたいだが、仏事や仏道の知識があるって、社内じゃけっこう有名だぞ。しかもおれが独自に入手した情報によると、こいつ霊媒やら除霊の訓練も受けたことがあるらしいんだよ」

「そうなんですか⁉」

同僚の意外な生育環境に、おれは思わずコーヒーのカップを取り落としかけた。除霊やら霊媒やら、そんな言葉はファンタジー小説の中のものだと思っていたが、こいつ、自分が悪霊みたいな顔してそんな能力を持っていたとは。

思わず感心してまじまじと眺めていると、蒼井は嫌そうに眉をひそめた。

「なんだよ。文句あんのか？　編集長も言ってたけど、おれは継ぐ気もねぇし、大したネタもないからな」

「文句とかないし、ネタを欲してるわけでもねぇよ……。けどじゃあ、おまえ霊と闘ったりできんのか。すごいな」

「……おまえの頭はファンタジーの詰め合わせで幸せそうだな」

蒼井が疲れたようにそう言っておれを眺める。眺めながら、なぜか一瞬妙な表情をした。

編集長は手元のコーヒーを飲み終えたらしく、カップを丁寧にゴミ箱に捨てると、おれと蒼井の肩をぽんと叩いた。

「現実は、ときに小説よりも奇なり。そういうことだから、柴も何かあれば蒼井に助けてもらえ」

「おれ、怪奇現象に悩んだりしてませんよ」

編集長が後ろ手にひらひらと手を振って歩いていくのを眺めながら、肩をすくめてそう呟くと、蒼井は上からおれを見下ろしてにやりと口角を上げた。

「そうだな。おまえが悩むべきことはもっと低レベルなところに山ほど転がっているもんな」

「……やかましい」

やっぱり、すごい出自や能力が加算されたって蒼井は蒼井だ。聞き慣れすぎた余計な一言を振り払うように、買ったばかりのコーヒーをぐっと煽《あお》る。思ったほど冷めていなくて、喉元がかっと熱くなった。温度の割には味がせず、いまいち頭の靄も晴れない。

「……柴。おまえ、そんなに寝てねぇの？」

掴み損ねた苦みを探すようにカップの中を覗き込んでいると、不意に、蒼井が怪訝そうに尋ねてきた。

「……はぁ？　寝てないって、まぁ寝てないけど。校了前なんてこんなもんだろ」

新卒新人じゃあるまいし、そんなうろたえるほどのスケジュールではない。少しの波紋はあれど、あくまで想定内の、定期的な小波《さざなみ》だ。そんなことは蒼井だって十二分にわかっているはずなのに、妙なことを聞く。

「そういうことじゃなくて……」

珍しく、何かを言い淀む様子の理由がさっぱりわからず、首を傾げる。いつも要ることも要らぬこともあれほどずけずけと言い放つ蒼井のくせに、悪いものでも食ったのだろうか。

「？」

「…………まぁいいけど」

「なんだよ、歯切れ悪いな……。やっぱりおまえ、編集長に説教でもされてたんじゃないの？　黙っといてやるから、言ってみろ」

「だから、おまえと一緒にすんなって……」

呆れ声でそう言われ、おれは眉をひそめた。

「一緒にすんなってなんだよ。おれ、別に説教とか食らってないし」

蒼井はやはり何か言いたげにおれを眺めていたが、結局は諦めたように「あっそ」と言って、空になった紙コップをゴミ箱の口に突っ込むと、綺麗な髪をがりがりと掻きながら去っていった。

「………」

「遅くまでお疲れさん。無事に校了できたんだし、しっかり休めよ」

「はい。ありがとうございます」

編集長が笑顔で軽く肩を叩くのに答えて、パソコンの電源を落とした。夜中のオフィスは静かで、いやに煌々《こうこう》としていて、大きな窓ガラス越しに外の闇が浮き立つように見える。

山をひとつ越えたことに安堵の息をつきながら、オフィスの端にあるコート掛けのハンガーからダッフルコートをはずし、もそもそと着込んだ。

編集部の面々が共有で使っているスペースだから、陽さんのもこもことしたダウンジャケットや、蒼井の洒落たトレンチコートも一緒に並んでいて、そのサイズ感の差になんとなく眉間に力がこもった。暖かそうなストールやマフラーもいくつか、小さなハンガーに掛けられて持ち主の仕事終わりを待っているようだ。ベージュの毛足が柔らかそうなネックウォーマーが目に映り、これは誰のだったかな、と少し考えたがいまいち思い出せなかった。まぁ、普段からそれほど人のファッションに気を配れるようなセンスの持ち主ではないのだから仕方がない。なんだかひときわ暖かそうで、少し羨ましく思っただけだ。最近首元が異様に寒く感じることが多いものだから、今度どこかでマフラーでも買っておくかと、とりとめのないことを考えながらコートのボタンを留め終えた。

　デスクに戻り、椅子に置いた鞄を手に取ると、珍しく残業中らしい蒼井がキーボードを滑らかに叩いていた手を止め、こちらを見た。

「……お疲れ」

　これまた珍しい、嫌味なしのねぎらいの言葉だ。帰り支度を終えたおれは、意外なレアドロップに手を止めた。

「え、あぁ。どうも……。蒼井、急ぎの案件なんかあったっけ？」

　おれと蒼井は今のところ担当作家の刊行月サイクルが違う。たまたまそれぞれの作業段階で繁忙期《はんぼうき》が重なることはあるし、大きな企画や案件だと共同で動くこともあるが、基本的なスケジュールはほとんど重なることがない。つまり、おれが「山を越えている」ときに、こいつまで仕事に追われていること自体がレアだ。

「まぁ、ちょっと前倒してやってるだけ。それより、これやる」

「ん？」

　蒼井は仏頂面で面倒そうに答えると、自分のデスクの隅に置いていたスポーツドリンクのボトルをずいと差し出した。

「……え、なに？　ドッキリ？　おれ、もう帰りたいんだけど」

　思わず後ずさりそうになった。疲れた目に優しい、水色のラベルとひんやりと冷たそうな透明のドリンク。「ねぎらいの差し入れ」だとは思うのだが……なにせ、差し出している人物があの蒼井だ。ボールペン一本すら差し出してくれたことのない蒼井だ。一体何がどうなった。

「おい……。おれの渾身の思いやりをドッキリ扱いとは、いい度胸だな……」

「い、いや。ちょっとびっくりして……くれんのか？　ありがとう」

ものすごい形相で睨まれたのと、さすがに社会人として失礼だったかという反省から、おれは残り少ないＨＰ《ヒットポイント》を総動員してへらりと笑った。礼を言って受け取ってから、一応口が開いていないかどうかを確認したのはここだけの話。

「おまえに倒れられたらおれの仕事が増えるから。それだけ」

蒼井はおれがペットボトルを受け取ったのを一瞥すると、憮然《ぶぜん》とした表情でそう呟いた。

「……？　倒れ……？」

掌に触れる、心地の良いひんやり感を味わいながら、おれは蒼井の言葉に首を傾げた。

蒼井はもう一度手を止め、今度は心底呆れたようにおれを眺める。

「……おまえ、今日鏡見たか？　なかなかひどい顔色してるぞ」

「……そうか？　寝不足なだけだろ。じゃあ、悪いけどお先」

昼間も、何か言いたそうな顔でおれを眺めていたのはこのためだろうか。特に体調が悪い自覚はなかったが、そう言われればここ数日ずっと身体が重い。あの強烈な北風に吹かれて、優しい女子高生に出会った日くらいからだから、柄にもなく風邪でも引いたか、まぁ、疲れもそこそこ溜まっているのだろう。明日は休日出張の代休をもらっているし、思いきり寝ればすぐによくなる。

　意外と面倒見のよい顔をちらつかせた蒼井に、もらったスポーツドリンクを軽く振ってみせてから、挨拶をして立ち去ろうとすると、蒼井がため息をつきながら妙なことを呟いた。

「…………今日くらいは、美人に会わずにまっすぐ帰れよ」

「…………？　なんだ、それ」

　まるでおれがどっかの美人に毎日会いに行っているような言い方だが、あいにくおれにはそんな心当たりはない。万年高身長イケメンのリア充生活（知らないけど）を勝手におれに投影しないでほしい。やっぱり嫌味な奴だ、と思ったが、こんな喧嘩を買うよりは一刻も早く体力回復に努めた方が賢明なので、顔をしかめる程度にしてさっさと部屋を出た。背を向ける直前にちらりと視界をかすめた蒼井は、やっぱりどこか妙な表情をしていた。


暗く、寒い。

何度も何度も手繰り寄せているはずの毛布は、ちっとも身体を温めてくれない。

おれの部屋は、こんなに寒かっただろうか。

おれがいる場所は、こんなに寂しいところだっただろうか。

力の入らない指先を暗闇の中で必死に伸ばす。何かを探している。忘れてはいけない何かを、おれはきっと見失っている。だからこんなに寒いのだ。

ものすごくひとりになってしまったような気がして、それなのにここから動けないことがなんだか怖くて、ぎゅっと固く目を閉じた。どれくらいそうしていたか、時計の針がコツコツと正確すぎる時を刻む音に交ざって、聴き慣れたような足音が微かに響いた、気がした。

柔らかく、髪を梳《す》く感触がする。冷たく長い指がそっと額に触れ、身体に籠《こも》った余所余所しい熱を吸い取っていくような心地がした。

「…………柴」

こんなに優しく、おれを呼ぶのは誰だったか。響きは変わっても、この温度は変わらない気がするのに。世界にひとつの宝物みたいにおれを呼んで、頼りない輪郭をなぞってくれるこの声を、もうずっと、ずっと長いこと知っているはずなのに。目を開けたくても、それは叶わず視界を覆う暗闇は一向に引いていかない。それでも諦めきれずに伸ばそうとする指先を、その人は壊れものでも扱うみたいに優しく握った。

「……………ごめんね、柴」

どうして、そんな風に謝るのだろう。聴き慣れた声が紡ぐ、聴き慣れない響きに戸惑う。それでも、さっきまですべてを塗りつぶすみたいに重苦しくのっぺりと見えていた暗闇が、少しずつ頭の中から引いていく。温かな夢に落ちるまで、大きな掌はゆったりとしたリズムで、こわばりをほぐすように髪を撫で続けてくれた。

温かな感触のする、これは夢だ。

拙い指先をなんとか叱咤し、自信のなさで震えそうな息を抑えつけるようにして吹き込む。小指がつりそうになりながらも、なんとか最後の小節を吹き終えて顔を上げると、美しい人は穏やかに微笑みながら拍手を贈ってくれた。

「とっても素敵だったよ」

お世辞《せじ》なんかいらないのに、この人は本当に嬉しそうな表情でそう言う。だから、ついつい頬が赤くなる。心臓の辺りがふわふわとなって身体が熱いのは、きっと息継ぎがうまくできなかったからだ。

「……先生には、『おまけで合格』って言われたけど」

最後の最後まで、教室に残ってテストを受けていた。担任の先生は五回目のやり直しの後、苦笑いしながら「おまけの」合格シールをくれた。そして、あまり見ない笑顔で「よく頑張ったな」と頭を撫でてくれた。先生のあんな顔は初めて見たから、おれは金ぴかの合格シールよりもレアなものをもらえたような気持ちになった。

「そう。先生は、この演奏がとっても気に入ったんだろうね。おまけで合格させたいなんて、なかなか思わないよ」

そう言って、青年は誇らしげにおれとリコーダーを見比べる。変な考え方をする人だ。変な人だということはもうずっと知っているけれど、それでもこの人のくれる言葉や時間は温かい。

「……頑張った。ねぇ、この間の話の続きは？」

すっかり手に馴染んだ気がするリコーダーをランドセルに押し込みながらそう尋ねると、青年は小さく頷いて話し出した。

「人魚姫は、綺麗な貝殻で作った笛を一生懸命練習しました。最初は、声を出せない代わりにと思って吹いていましたが、だんだん優しい笛の音色が大好きになりました。楽しいときには弾むようなメロディを、少し寂しいときには静かな音色を、誰かを励ましたいときには優しい曲を、人魚姫はいつも素直な気持ちを込めて奏でました。人魚姫が楽しそうに笛を吹いている姿を見ると、お城の人たちは少しの間仕事の手を止めて、一緒に歌ったり踊ったりするようになりました。穏やかな音色には、小鳥やリスが集まってくるようになりました。人魚姫はお話ができないままでしたが、みんなと一緒に過ごすことが嬉しくて、たくさんの曲を吹けるようになりました」

「……王子さまは？　人魚姫の気持ちに気づいた？」

「王子さまは、みんなを笑顔にできる人魚姫をとても素敵な人だと思うようになりました。言葉が話せなくても、人魚姫のまわりにはいつもたくさんの笑顔があります。人魚姫の笛の音色は、昔自分を助けてくれた誰かの、優しい声に似ているようにも感じました。でも、たとえそうではなくても、今自分を温かい気持ちにさせてくれる人のそばにいたいと、王子さまは思いました。それからふたりは、たくさんの美しいメロディに囲まれて、ずっと一緒に暮らしました」

優雅に組まれた膝の上には、閉じられたままの青い表紙。長い指でその縁をすっとなぞると、青年は顔を上げた。「めでたし、めでたし」とでも言いたげな、柔らかな微笑みを湛《たた》えたその表情に、緊張で握りしめていた拳の力がふっと緩んだ。

「……………よかった」

安堵の息をはいてぽつりと呟くと、青年は可笑しそうに笑った。

「そんなに心配だったの？」

「だって……王子さまが気づいてくれると思わなかった。『ちゃんと言わないと伝わらない』って、友達とか先生によく言われるんだ。おれも……話すの苦手だから」

人魚姫を、自分と一緒にしちゃだめだと思いながらもついつい言葉が零れる。言いたいことはあっても、それはいつもふわふわとして、自分の周りのぎりぎり手が届かない辺りを漂って、おれの手元には降りてきてくれない。そのまま消えてしまったり、捕まえようとしてオロオロしている間に相手がいなくなってしまったり。おれは人魚姫みたいに声を失くしたわけでもないのに、と思うと、なんだかさらに情けなく感じてしまう。

「そうだねぇ。たしかに、『伝えようとしないと伝わらない』っていうのは、そのとおりかもしれないけど」

「………うん」

「でも、『言えなく』たっていいんじゃないかな。書いたっていいし、歌ってもいいし、泣いてみてもいい。さっきの演奏、本当に素敵だったよ。いっぱい頑張ったのが、ちゃんとわかった。きっと、先生にもわかったんだよ」

「………そう、かな」

意外な言葉の続きに、おれは俯きかけた顔を上げた。「話す」のは苦手だけど、そんなにいっぱい方法があるのなら、おれにだってひとつくらいは見つけられるかもしれない。そう感じたから。

「そうだよ。あとね、おれが一番好きな『伝え方』を教えてあげる」

「なに?」

首を傾げて聞き返すと、美しい人は少し身体を屈め、おれの耳元で囁いた。とっておきの秘密を分け合うみたいに。

「……嬉しいときや楽しいとき、この人のことが好きだなぁって思うときにはね、笑うんだ。思いっきり、笑顔になるんだよ」

魔法や不思議がたくさん登場するお伽噺を聴かせてくれる、その人の教えてくれたその秘密の呪文は、とてもシンプルだった。でも、「簡単だ」と思えたのはまだおれが幼い頃、ほんの少しの間だけだったのかもしれない。

だってそうじゃなければ、こんな他愛もない記憶を夢に見ながら、こんなに胸が痛くなるはずがない。

「……朝、か」

瞼が重い。容赦も配慮もなく、問答無用で差し込んでくる陽の光にさらされながら、うっすらと目を開ける。なんだか懐かしい夢を見ていたような気がするが、はっきりとは思い出せなかった。

「……腹、減ったな」

もそもそと布団の中で蠢きながら呟く。自分の感覚にいまいち信用が置けなかったので、一応腕を伸ばしてスマホのスケジュールアプリを確認してみたが、今日は代休で合っていた。朝というにはもう遅めの時間だが、特に呼び出しの連絡があった形跡もないし、とりあえず緊急出社、なんていう悲劇にも見舞われずにすみそうだ。

しばらくベッドの中でぼんやりしていたが、はっきりとした空腹感に負けて結局はのそりと起き上がった。昨日はあまり体調がよくなかった気がするのだが、今は空腹以外に特に違和感はない。とはいっても、普段料理なんてしないから、冷蔵庫の中にまともな食材が入っていそうなアテもない。買い物に行くのだるいな……と思いながらキッチンに向かうと、ほとんど使っていない小ぎれいなカウンターの上に、所狭しと並べられた豪華な食事が視界に飛び込んできた。

「…………え？」

スウェットのまま、驚きに目を瞠って立ちすくんだ。優しい味噌の香りが湯気と共に揺れる、豆腐とわかめの味噌汁、脂ののった川魚の塩焼き、カツオのたたきと鮮やかな野菜のサラダ、上品な器に盛られた茶碗蒸し、そして具だくさんの炊き込みご飯。

「……………」

面食らって、一瞬他人の家に間違えて上がり込んだのかと思った。けれど、見慣れないキッチンの光景以外は、家具も、本棚から溢れた書籍のラインナップも、リビングに散らばる感動映画のＤＶＤも、ちゃんと見覚えがあった。たしかに、ここはおれの家だ。

いろいろと狼狽《うろた》えながら、殺風景な部屋の中で異様なほど鮮やかに浮かび上がる食卓をぐるぐると見渡すが、この食事の提供者に結びつきそうなヒントは何もなかった。そして、おれには心当たりらしきものすら思い浮かばなかった。

おれには、どこからか体調不良を聞きつけて様子を見に来てくれるような温かい家族はない。「心配で……」と頬を赤らめながら訪ねてくるような恋人とか、それに準ずるような人もいない。……なんか、言ってて虚しくなってきたけど。

体調不良中の自分が、突然覚醒《かくせい》でもして料理の才能を発揮したのかとも半ば本気で考えそうになったがそんなわけもない。こうして眺めていても、こんな美味そうな食べ物が人の手からどうやって生み出されるのか、皆目《かいもく》見当もつかないし。

とりあえず、豪華な食卓から一定の距離を保ったまま鈍い回転の頭の中を探る。おれ自身の経験則から成る緊急事態マニュアルには、「朝起きたら突然目の前に豪華な食事が現われていたときの対処法」という項目は存在しなかったが、今までに読んだ本の中になんらかのヒントがないだろうかとふと思ったのだ。

いつからか、困ったときや途方に暮れたときに今まで読んだ本の内容を思い出し、その中からヒントを探すことは、おれの習慣のひとつになっていた。本の中ではいろんな事態が起こる。そうして、登場人物たちはおれが思いもつかないような機転や勇気や知識でもって、そういう事態を切り拓《ひら》いていく。おれが生きる現実の世界では、物語の主人公の活躍に見合うような出来事はめったに起こらないのだけれど、おれの中に映り込んでいる本の世界は、ちょっとしたピンチに陥《おちい》ったときにも意外と役立つアドバイスや、ほんの少しの勇気のおすそ分けをしてくれる。

「……って言ってもなぁ……。こんなお話あったたっけ？」

否応なしに鼻先をくすぐる美味そうな香りが、空腹の思考を妨《さまた》げる。結局、「本好き」のプライドを一時的に放棄《ほうき》し、おれはスマホという文明の利器に縋った。「ごちそう　お伽噺」というなんの捻りもないワードを検索バーに打ち込むと、「お伽噺に登場しそうなおすすめレストラン」というもっともな検索結果の羅列《られつ》の中に、見覚えのある昔話のタイトルが表示された。

「あ、あるじゃん。『北風のくれたテーブルかけ』……たしか、ノルウェーの民話だったような……」

画面をスクロールすると、小さな子ども用にわかりやすく書かれた短いお伽噺のあらすじが掲載されている。

母親と一緒に暮らす少年は、ある日パンを焼くために運ぼうとした小麦粉を、北風に吹き飛ばされてしまう。少年は風を追いかけ、北風のお城に辿り着き、粉を返してほしいと訴える。おぼえのない北風は、代わりに魔法のテーブルクロスを少年に与え、このテーブルクロスにお願いするとうまいごちそうを出してくれると話した。少年は帰り道で泊まった宿屋で、北風の言うとおりにテーブルクロスに「お願い」をすると、たちまち豪華な食事が現われた。喜んだ少年はさっそく家に帰って母親に料理を振舞おうとするが、今度は何度お願いしてもごちそうが現われない。実は、宿屋のおかみさんがこの魔法のテーブルクロスのことを陰から見ており、少年が寝ているすきに普通のテーブルクロスにすり替えてしまったのだ。

その後も、少年は北風に相談に行くたびに素敵な魔法のアイテムをもらうのだが、毎回宿屋のおかみさんの手口にやられてアイテムをすり替えられてしまう。お伽噺の主人公たちはえてしてこういう「同じ手口」に複数回やられがちだが、それは彼らの純粋さゆえだと思っておこう。そこまでがテンプレだなんて思うことなかれ。

結局、何度目かにもらった「悪い奴をやっつけてくれる木の棒」という、なんともピンポイントなお助けアイテムが登場したことにより、おかみさんは成敗《せいばい》され、少年は今までにもらったお宝を一挙にすべて取り返し、母親と幸せに暮らすことができたのだ。北欧《ほくおう》のゆったりとした国民性が感じられる、なんとも平和なお伽噺だが、ある意味一番たかられる立ち位置になっている、北風の気前の良さが半端ないなと、労働大国日本のしがないサラリーマンであるおれはちょっと遠い目になった。

「北風がくれたテーブルクロスねぇ……」

画面をスクロールしていた指を止め、アパートの窓にひゅうひゅうと打ちつける風の音に耳を澄ます。そういえば、おれもこの間、帰り道でやたら強い風に吹かれたっけ。でも、おれは小麦粉を運んでいたわけじゃないし、北風のところに苦情を持ち込んだりもしていない。

——なんか飛んでいったみたいだけど、大丈夫ですか？

風にくしゃくしゃにされた髪を撫でつけながら、尋ねてくれた女の子のことを思い出す。もしかしたら、あの子が北風の妖精だったりして。でも、いくら気前がいい北風だって、身に覚えのない窃盗罪《せっとうざい》でこんなに美味そうなごちそうを差し出してはくれないだろう。

「実はなんか、とんでもないもん持っていかれてたりしてな」

思わず苦笑しながら呟いた。絶対に失くしてはいけないものを、あの日北風に持っていかれていたとしたら……それなら、補償《ほしょう》金《きん》代わりのこのごちそうは頷ける。

「…………」

空腹と、ここ最近の寝不足具合からくる疲労は中途半端にメルヘンを混入した奇妙な思考を簡単にかき乱す。細い糸が頭の中で無数に絡まってぐちゃぐちゃになって、その奥にあるものを覆い隠すみたいに。何か、忘れているような気がした。とても大切なこと。

ソファにもたれ、目を閉じる。頭の中に雑多に浮かぶ物語の記憶を掻き分け掻き分け、形すら掴めない欠片を探す。何も見つけられなかったけれど、そうしているうちに、少し身体が温まってくるような気がした。物語を頭に浮かべるたびに、不思議と誰かがそばにいてくれるような心地になった。しばらくその感触を味わった後、ゆっくりと目を開け、キッチンに並べられた料理に視線を移す。

「……食べて、いいのかな」

常識的に考えれば、まったく得体の知れない食事を勝手に食うのもどうかと思うのだが、なんとなく、自分の身体の中から後押しされるような感覚がした。おれの身体に、細胞に染み込んでいる何かが、そっと優しく囁く気がした。大丈夫だよ、と言うように。力の入らない身体を起こし、謎のごちそうの前に立つ。勇気は要ったが、一応ここはおれの家だし、何よりこの魔法のような鮮やかな食卓から立ち上る香りにはとうてい抗えない。どのみちこの空腹を自力で耐え忍べる見込みも薄いのだから、たとえ一服盛られていたとしても悔いはない、と腹をくくって、まだ温かさの残る椀に手を伸ばした。

一口、二口、口に含むごとに、ゆっくりと噛みしめるごとに、どこかに散らばっていた体温がじんわりと身体に染み込んでくるような気がした。美味い、けれどそれだけじゃない。おれが生きるのに不可欠なものを、どこからか見つけてきて身体に馴染ませてくれるような感覚がした。この感覚を、もうずっと知っている気がした。

食べるたびに、おれの身体ははっきりと満たされていくのに、それでもそこには、何か決定的に足りないものがある。喉を通る温かさが、胸につかえ、締めつけられるような気がした。立ち上る柔らかな湯気の向こうに、DVDや本の散らばったリビングが見える。「感動モノ」を手当たり次第に集めたような、歪《いびつ》なラインナップ。ひときわ読み古されているのに、この上なく大切なもののように本棚の一角を広々と占領している一冊の文芸誌。おれの「日常」の風景をつなぐはずの、たった一本の線だけがまだ見えない。見えないのに、視界はいつしか柔らかく滲んだ。次から次へと零れ落ちる雫が味噌汁の中に溶けていくのを感じながら、おれは箸を動かし続けた。


翌日の勤務は、皮肉にも一日外勤だった。打ち合わせや取材の同行を終え、完全に陽の傾いた夕刻、おれは転がり込むように編集部に駆け込んだ。

「…………っ、蒼井……！」

息を切らしながら名を呼ぶと、残業中の同僚は驚いたように目を瞠ってこちらを向いた。

今日は近くのホテルで作家が集う懇親会が催されており、編集長はじめ数人の編集者はそちらに駆り出されているため、この時間まで残っているのはどうやら蒼井だけだったようだ。

「柴……？　おまえ、今日外回りから直帰じゃなかったか？　なんかトラブル？」

蒼井はホワイトボードに貼られた勤務スケジュールをちらりと見やり、怪訝そうに尋ねる。おれは「たぶん」蒼井がいるだろうと勝手な推測と願望で社に戻ってきたわけだが、こっちはおれの（というか、部署全員の）動向を正確に把握していた。この差はたぶん、これから先もそうそう縮まりそうにない。

「……っ、おまえに、助けてほしいことがあって」

冷気の中を走ってきたために、まだ整わない呼吸を押しつけるようにそう絞り出すと、蒼井は形の良い眉をひそめた。

「なんだよ、っていうかとりあえず落ち着け。トラブル処理ならちゃんと手伝ってやるから」

普段は煽りか嫌味しか音声化しないようなこいつは、こういうとき、絶対に同僚を見放さない。でもおれは、そんな「優秀な同僚」に仕事のことで助けてほしいわけじゃない。ここ数日のやり取りを思い出す。いつもとは少し違う、どこか腑に落ちないような表情でおれを見ていたのは、蒼井だけ。おれですら気づかない「違和感」を、唯一嗅ぎ取っていたかのような表情。これはきっと、蒼井にしか頼めないことだ。

「蒼井、教えて。……おれ、何を忘れている？」

膝についていた掌を握りしめ、顔を上げて蒼井を見た。

蒼井の涼し気な瞳が一瞬「は？」というように見開かれ、それから微かに揺れ、何かを見極めようとするかのようにすっと鋭く細められる。

「んなこと知るか」

「……嘘だ。知ってる」

「なんで、そう思う」

「そんな気がする」

「……勘かよ」

ため息交じりにそう呟くと、蒼井は立ち上がっておれの肩に手を置き、俯き加減のおれの顔をぐっと上向かせるように力を込めた。そして、じっと目の中を覗き込んできた。

「仮にそうだとして、おまえは本当に思い出したいわけ？」

「……どういう、意味？」

蒼井の、見透かすような鋭い視線に押し負けないように、おれは目元に力を込めた。蒼井が、こんな目でおれを見たことは今までない。探るような、突きつけるような、「編集者」の顔とはまた違う、強い目だ。

「…………おれが、寺の生まれだって話聞いたよな」

「聞いたよ」

簡潔にそう言って頷くと、蒼井はおれの肩に置いた手を引き込め、少し迷うように綺麗な髪を掻いた。

「ガキの頃から、大事なものを亡くした人を、山ほど見てきた。亡くしてすぐ、ひと月ちょっと、一年後……。悲しみながらも、人はちゃんと忘れていく。最初は、それが理解できなかった」

「…………」

「薄情な気がして。でも、ちらっとそんなことを言ったとき、親父に本気で殴られた」

苦々し気にそう言った蒼井は、「親父」の顔でも思い出したのか、宙を睨んで小さく舌打ちをした。

「……おぉ、アグレッシブ……。なんていうか、さすが蒼井の親だな」

「あ？」

「……なんでもないです」

おれの要らぬ感想に、一瞬だけ、いつもの表情で剣呑《けんのん》に目を細めた蒼井に頭を下げると、頭上から「ふん」と小さな声が聞こえた。

「何かを亡くしたこともない子どもが、わかったようなことを言うな、って。『忘れる権利』は、去っていく者が遺《のこ》していく者に与える、最期の愛情なんだって……言われた。前に、進むための」

「…………」

「……忘れることが、ダメなわけじゃねぇだろ。それでも、おまえは思い出したいと思うのか」

蒼井は、そこまで話すと少し表情を和らげた。こいつはたぶん、その考えを一〇〇％正しいと思っているわけではないし、完全に消化しているわけでもないんだろう。「家を継ぐ気はない」と話していたときの、どこか憫然とした表情が脳裏に浮かぶ。そして同時に、それでもおれにこの話をしてくれることの意味も。

「…………迷ってて」

ダッフルコートのポケット越しに、定期入れの硬い感触を握りしめながら、声を振り絞った。蒼井が小さくため息をつくのが聴こえた。

「だったら……」

やめておけ、という言葉が蒼井の口から零れるより先に、おれの中にある不可解な熱が、堰《せき》を切って溢れ出す。

「……思い出すのが、正しいことなのか、迷ってしまって。迷ってることが、情けなくて。だって、おれは忘れたくない……正しくなくても、こんな風に失くしたくなんかない……！」

言葉は、勝手に零れ落ちる。おれは、いつの間にこんなに、自分の感情を言葉で紡げるようになったのだろう。それは相変わらず不格好で、拙いけれど、でもおれ自身の言葉だ。昔は、何かを伝えることすら、あんなに怖かったはずなのに。

「……そういうの、迷ってるって言わねぇだろ」

おれが大声で訴えるのを、驚いたように眺めていた蒼井は、やがて呆れたようにそう呟くと、はーと特大のため息をついた。

「一個だけ、質問。おまえさ、こないだ死にそうな顔してたけど、なんで復活したんだ？」

「……え、あぁ。なんか、昨日起きたらすごい豪華な飯あってさ。食べたら、治った」

「ふーん。飯、ね……。っていうか、おまえはわけもわからない謎の飯を美味しくいただいたわけ？」

じとりともの言いたげな目で見返され、一応非常識な自覚があるおれは視線を泳がせた。

「……一応、考えはしたぞ。けど、腹減ってたし……なんか、大丈夫な気がして」

「そんなとこで野生の勘発動させせんじゃねーよ。もはや豆柴というか、野犬だな」

「やかましい！」

心底呆れたようにそうつけ足され、おれは顔をしかめて吠えた。

「……で、その飯を食って、どうだった？」

「どう……とは？」

「食べたとき、どんな感じがした？」

蒼井にそう問われ、おれはふと、夢の中で温もりに触れたような気がした指先を見下ろした。美味い、という言葉には収まりきらないような、深く複雑な感覚。でもそれは不思議と、おれの身体に馴染み切って、細胞のひとつひとつを作ってくれているような……そんな気がした。

「よく、わかんないけど……温かくて、懐かしくて、でもちょっと、苦しくて」

「…………」

「……そう思えることが、幸せなような、感じがした」

自分の身体に残る感覚をなぞるようにそう呟くと、蒼井はなぜか小さく噴き出した。

「？　なに」

今さらながら、よりにもよって蒼井相手に、かなり恥ずかしい言い回しを連発していることに気づいたおれは頬に上る熱をごまかすように顔をしかめる。蒼井は可笑しそうに肩を揺らして笑いを堪えながら、おれの脇を素通りし、共有のコート掛けの方に大股で歩いていった。

「馬鹿だ馬鹿だとは思っていたけど、思ってた以上に本物の馬鹿だったわ」

何やらごそごそとコート掛けの周辺を漁っていた蒼井は、そう言いながら再びこちらに歩いてくる。

「この流れで喧嘩売られても……」

いつもどおりすぎる表情に戻った蒼井に言い返そうとした途端、顔に柔らかな感触が投げつけられた。

「……ぶっ！　なにす……」

変な声を上げ、咄嗟に剥《は》ぎ取った掌に、柔らかな毛足が触れる。見てみると、それはミルクティーのような優しい色の、ふわふわとしたネックウォーマーだった。

「……これ」

「ずっと置いたままになってたみたいだけど、それ、おまえのだから。いい加減持って帰れ」

蒼井にそう言われ、掌に載せた、おれらしくない洒落たアイテムをじっと見下ろす。頬に、手に、指先に……この優しい感触に似た温度の記憶が散らばっている。

「本当に大馬鹿だとは思うけど。まぁ、渾身《こんしん》の『救い』すら突っぱねるような馬鹿も、ひとりくらいいたっていいだろ」

「…………」

おれに、これをくれたのは……。

「ちょっと見えなくなってただけだ。早く行け。『美人』によろしくな」

ふっと表情を緩めてそう呟き、手元の作業に戻った蒼井を見るともなく眺めながら、おれはきつく唇を噛みしめた。

蒼井と別れて、おれは再び電車で二駅の距離を走り続けていた。冷たい風が喉の奥にまとわりつき、感覚を奪っていく。いい歳したスーツ姿の男が夜道を全速力で走る奇妙な光景は、道行く人を一瞬の好奇の目で振り返らせる。コンクリートと革靴の底がひっきりなしにぶつかり合うリズムは、「慣れないことをさせるな」と責め立ててくるようでもある。

それでも、走らずにいられなかった。

怖くて、怖くて、怖くて、早く確かめることだけしか、考えられなかった。

走りながら、酸素の行き渡らない頭にいつかの光景が浮かんでくる。小学校四年生の終わり頃、遠い町に引っ越すことが決まり、「美しい人」……記憶の中の凪と離れたくないと大泣きしたときのことだ。


「行きたくない」

もう何度目かわからない言葉。伝えられる言葉は、それしかなかった。どこに行こうが、何が待ち受けていようが、そんなことはもうどうでもよかった。ただ、この人の声が聴こえない場所でなんて、生きていけないと思った。大げさではなく、本当にそう思った。この掴みどころのない優しい声が、おれに向かって紡いでくれる出鱈目なお伽噺。それが聴こえない世界なんて、怖くて悲しくて、おれは真っ暗闇にひとり放り出されるような気持ちになっていた。

「きっと、また会えるよ」

記憶の中の凪は、今とまったく変わらない姿で、表情で、そう言って優しくおれの髪を撫でる。美しすぎてどこか現実離れしたような凪の顔が、少し困ったように、どこか寂しそうに見えるのは、もしかしたらおれの気持ちが映り込んでいるだけなのかもしれないけれど。

「また、じゃ嫌だ。いつも会いたい」

欲しいものも、やりたいことも、あまり言葉にすることがなかった。でも、このときだけは違った。言葉は、目元を灼くような熱と共に、勝手にぽろぽろと零れ落ちた。

「……おれも、会いたい」

ぽつりと呟かれた言葉に、凪の掌が頭に置かれたまま、視線を上げる。

「じゃあ、一緒にいようよ！　ずっとずっと、一緒にいてよ！」

視界は涙の膜で覆われて、凪の綺麗な顔すらちゃんと見えない。頭のどこかではわかっている、ずっと静かに響いている「しかたがない」という言葉を掻き消すように、おれは声を荒《あら》らげた。

凪がそのとき、どんな表情をしたのかはわからない。ただ、いつもどこか飄々としていた声が、その一瞬だけは不器用に掠れたのをおぼえている。

「………ねぇ、おまじない、かけようか」

「………………おまじない？」

涙でぐしゃぐしゃになって、情けなく歪んだおれの顔を、凪はすごく美しいものでも見るように、誇らし気に瞳を細めて覗き込んだ。頬に刻みつけられるんじゃないかと思うほどにしつこく流れる涙の線を、絵本のページをめくるときのように長い指で優しくなぞる。

「君が本を好きでいる限り、おれは消えない」

「……？」

「本を開けば、どこにでも行けるって、言ったでしょう？　だから、いつだって会える。

君が本を読むとき、おれが必ず一緒にいる」

「……ほんとうに？」

　どうしようもないことだと、頭ではわかっていた。おれは子どもで、無力で、この世界はいつだって絵本の中ほど、優しくない。それでも何か、この手に残るものが欲しくて、おれは縋るように聞き返した。

「うん。そうして、君が大きくなって、長い長い時間が経っても、本を読むときにほんの少しだけ、おれのことを思い出してくれれば……」

「おれ、忘れたりしないよ」

　優しい声で告げられた「おまじない」の内容が少しだけ不満だったから、続きを遮るようにおれは言った。おれがこの温かさを思い出すのは、いつでも、どれだけ時間が経っても、「ほんの少し」なんかじゃない。あのときはそう思った。いつになく強く響いたおれの言葉に、記憶の中の凪は驚いたように目を瞬き、それから嬉しそうに、本当に幸せそうに、微笑んだ。

「……うん。じゃあ、おれたちはまたどこかで、必ず会える」

　凪がそのおまじないをくれたとき、おれは本当に寂しくて、でも嬉しくて、この身体に染み込んでくる温もりが、ずっと手元に残るんだって信じてやまなかった。

　だから、考えてもみなかったんだ。

　おれが本好きでいる限り、自分は消えないとあのときの凪は言った。

本を読むたびに思い出してくれれば、必ずまた会えると言った。

でも、じゃあ、おれが……凪のことを、思い出さなくなったら？　追いかけっこのような慌ただしい日々の中で、ふとあの風景をどこかに落っことして、気づきもせずに歩いていってしまったら？

優しい色に染められていたはずの思い出が、時折凍りつくようなひやりとした感触に変わり、夢中で走り続ける身体から力を奪い、呼吸を止めそうになる。振り払うように無理やりに力を込めた足を動かし続けると、やがて視界の奥に、ぼんやりと浮かび上がる灯りに照らされた見慣れた木戸、ハーブの鉢植え、黒い招き猫が映った。

縋るように、腕を伸ばす。

「――凪！」

辺り一面を叩きつけるような、がしゃんという乱暴な音を立て、深い茶色の木戸が開く。店の中はしんとしており、灯りすらついていない。カウンターの上に突っ伏している店主の姿も、ない。初めから、ここには誰も存在しなかったかのような、沈黙。

こつん、と踏み出した足音がよそよそしく聴こえすぎて、どうしようもなく泣きたくなった。もう一度声を振り絞ろうとするけれど、その前に全身の力が抜けた。カウンターの手前に、へなへなと座り込む。硬く、冷たい感触に視界が塗りつぶされたように感じたとき、店の奥からゆったりとした声が聞こえた。

「柴？」

咄嗟に顔を上げる。カウンターの奥から、古びた暖簾を払い上げて顔を覗かせる凪の顔が見えた。凪は、べろんべろんのはんてん姿で美しい髪を無造作に掻き上げ、小さな豆電球を灯して不思議そうに店内を見渡した。

それから、カウンターの近くで地べたに座り込んでいるおれの姿を見つけ、目を見開いたかと思ったら急いでこちらに歩み寄り、おれの正面にしゃがみ込んだ。

「柴、どうしたの？　体調悪い？」

「………」

「立てる？　ほら、手掴まって……」

差し出された掌を引き寄せて、そのまま凪の首に腕を回した。見た目どおりに柔らかい凪の髪が頬に触れる。冷たく滑らかな首筋に顔をうずめる。頼りなくて、不確かな感触を刻みつけるように、震えそうな指先で凪のはんてんを握りしめる。

「………柴？」

凪が不思議そうな声で呼んだおれの名が、くぐもった音で響いた。

「おれ、馬鹿だから……だから……凪が消えたかと、思った」

いつかのように、震えそうな声を必死で抑えつけながら呟いた。一瞬、おれの肩に置かれた凪の手がこわばったように感じたが、すぐにいつものように緩やかに、おれの頭を撫でてくれる。

「柴は馬鹿じゃないし、おれは消えないよ」

嘘だ。

おれは本当に馬鹿だから、いつか本当に、慌ただしい日々に紛れて凪のことを忘れてしまうかもしれない。

おれが凪のことを忘れれば、凪は消えてしまうのに。

幼い頃のおれに凪がくれたあのおまじないは、精一杯伝えてくれた真実に違いないのに。

「ごめん。ごめん……凪」

勝手に零れ落ちる言葉は、静かな店内に響いて、やがて跡形もなく消えていく。凪は柔らかい手つきでおれの冷えた髪を梳きながら、耳元でそっと囁いた。

「大丈夫。君が……柴が、おれとの約束をずっと大切にしてくれていること、知っているから」

優しい指先は、ゆっくりと上下する。一番大切なものを、こんなふうに呆気なく見落としてしまう、どうしようもないおれを赦《ゆる》そうとするように。見慣れた柄の、藍染のはんてんに顔をうずめた。ほんの少し、温かく香ばしい香りがしたように感じた。

しばらくおれを撫で続けた後、凪はおれをカウンターに座らせて調理を始めた。揚げだし豆腐と、ふわりと卵を落とした、ネギたっぷりの雑炊が差し出される。

「はい、どうぞ。今日は逃がさないからね」

「逃げないけど……」

温かな湯気と一緒にじんわりと染み込むような出汁の香りを吸い込みながら、おれは肩をすくめた。凪の言葉に他意はないが、普通の会話が相変わらずの顔面偏差値に惑わされてなんだか違う響き方をする。これだからイケメンは怖い。

「この間は逃げたでしょう？　天ぷら、いっぱい作ったのに」

「……あー、あのときはちょっと……いろいろ……」

ぼんやりと頭に浮かぶ前科にもごもごと口ごもる。そんなおれを眺めて、凪は肩をすくめた。

「まぁ、おれも迂闊《うかつ》だったけど。柴には、ちゃんと食べてもらわないと困るんだ」

そう呟いた凪は、カウンターの向かいに座っておれの表情を覗き込んだ。なんだか久しぶりに見たような美しい表情が、思ったよりも近い距離にあって視線が泳ぐ。

「たまーに寝食を疎《おろそ》かにするの、柴の悪い癖だよ。体調悪くても、無理して仕事行くし」

「……う。いきなりガチの説教やめてくれる？　子どもじゃないんだから……」

珍しくそんな小言を言われ、おれは思わず肩をすくめた。大体にして凪といると幼い頃の感覚が鮮明によみがえるものだから、その上そんな扱いをされるとアラサーサラリーマンである自分の現実を見失いそうな気がして恐ろしい。

「あとね、予備のカギをポストの底に隠しておくのもやめなさい。不用心だから」

「いや、あれは出先に鍵忘れたとき用の対策で……ってなんで知ってるんだよ!?」

「この間自分で言ってたじゃない。会社にスマホとキーケース忘れたけど大丈夫〜って、得意顔で」

凪は呆れ顔でそう言うと、手元の湯呑に茶を注いでずっと啜った。

「え……言ったっけ……？」

一応頭の中を探ってはみるものの、いまいち思い出せずにおれは首を傾げた。凪はおれの腑に落ちない表情を眺め、可笑しそうに表情を緩めた。

「まぁ、おれが言える立場じゃないけどね」

「…………」

夢心地の中で感じた優しい掌の感触。身体に馴染みすぎた、温かな料理。「ありがとう」を言うべきか少し迷ったが、その代わりに目の前の雑炊を大口で頬張った。凪の色素の薄い瞳が、そんなおれを眺めてふっと細められる。

「……美味しい？」

「ん。めちゃくちゃ、美味い」

この質問にばかりは、素直に頷かざるをえない。凪の作った料理は、噛むごとに身体を温め、視界を柔らかに照らす。お疲れ様、頑張って、大丈夫。そんな言葉が、身体の隅々にまで行き渡る気がして、力が、湧いてくる。

「ふふ、いい表情で食べるよね、いつも」

もぐもぐと無心に咀嚼《そしゃく》するおれを可笑しそうに眺めながら、凪は笑った。その笑顔が相変わらずすぎて、胸がひりついた気がした。それをごまかすように、椀から立ち上る湿った湯気の中に少し、表情を隠す。

「……凪が言ったんだろ」

「ん？」

「おまえが言ったんだよ。……こういうときは、思いきり笑えって」

飯も、ネックウォーマーも、こんななんでもない時間も会話も、そして記憶の中にある出鱈目なお伽噺たちも。

凪がくれるものは、いつだって温かい。それが嬉しくて、でも心のどこかでは、舌先に染み込む温もりがもっと、身体を焼くほどに熱ければいいのにとも思う。せめて仄かな熱を逃がさないようにと、一口一口を噛みしめた。

蒼井の栞：無愛想同期のひとりごと

上には上がいる、なんていう言葉はそのとおりなのだけれど、ある意味そのとおり過ぎるというか、だからなんなのだ、という程度のものであるというのか……とにかく、今までの人生においては、深く頷いて同意するほどのものではなかった。だから、同期の男の仕事ぶりを間近で見たとき、「こういうことか」と、たぶん初めて思った。

そいつは中学生の平均みたいな身長で、高校生の制服みたいにスーツを着こなし、田舎町でのびのび暮らす子犬みたいに動き回る。正直、最初は本当に同年代なのか怪しんでいたし、今もまぁその感覚自体はあんまり変わらない。名前もなんか犬っぽいし。

それでもおれは、社会人としての年数を重ね、責任とか重圧とか利益とか、そんな言葉が徐々に重みを増すごとに、そいつの姿に目を奪われる。本が好きで、何かを伝えることに携《たずさ》わりたくてこの仕事を選んだ。そんな動機は多かれ少なかれ誰しもが持っているものだとは思うのだが、それを曇りなく持ち続けられる強さはある意味稀有だ。しかもそれは夢見がちな理想論で終わらない。終わらせないためにいつだって葛藤しているし、走り回ってはいろんなところでぶつかっている。そしてそれを含めて、そいつはいつも楽しそうだった。

そんな同期には、ひときわ手ごわい「関門」があるらしかった。同じ部署に異動になるとき、ちらりと話は聞いていた。数年前に賞を受賞したまま、表舞台にはほとんど姿を見せずにもはや「消息不明」状態となったある作家に執心《しゅうしん》で、あの手この手で新作を書かせようとしてはフラれ続けているらしい、という話だった。その受賞作にはおれも当時ちらりと目を通したが、たしかに繊細で温かく、美しい文章だった。ただ、市場が飛びつくような、尖った何かがあるかと問われると難しい。端的に言ってしまえば、読めば惹かれる者は多いだろうが、まずは「手に取って」「読ませる」段階に難がある、と言ったところだろうか。その辺りの判断は妥当《だとう》にしているであろう柴が、それほどその作家に固執していることは、おれの中のあいつのイメージにどこか異質なものとしてぽつりと残った。


「蒼井くん、おかわりは？」

「……え？　あぁ、いただきます」

とりとめのない記憶を辿りながらぼんやりとしていると、カウンターの中から声をかけられた。手際よく調理を進めながら、絶妙のタイミングで酌《しゃく》をしてくれる美しい店主が、おれの返答ににこりと穏やかに微笑み返す。

「忙しいんでしょう、最近。柴もよくボヤいてる」

そう言いながら、おれの目の前に二杯目の粕汁《かすじる》を差し出してくれる鈴代先生の、美貌に似つかわしくない謎のはんてん姿を眺めながらおれは目を瞬いた。

「あいつ、仕事のことボヤいたりするんですね」

「うん。とは言っても内容についてはそんなに言ってないけどね。単に『書類が多い』とか、『作家さんのために使う時間がもっと欲しい』とか、そんなの」

鈴代先生は肩をすくめて優しい声で話す。この人の声を聴いていると、ぼんやりといろいろなことを思い出す。思い出していたことと、今の自分との境目が曖昧《あいまい》になっていくような、温かくも奇妙な感覚がする。そして、この人の美しさは初めて見たときから何一つ変わらず、どこか現実感に欠けている。

目の前に置かれた朱塗りの椀を引き寄せ、乳白色の粕汁を一口啜る。野菜の甘みと、喉の辺りを掠める温もりに小さく息をつき、顔を上げた。

「……柴のことで、聞きたいことがあるんですけど」

鈴代先生は煎茶を注ごうとしていた手を止め、おれの方を向いてにこりと微笑んだ。

「なに？」

「…………あなたは、柴をどうするつもりなんですか？」

鈴代先生の表情は変わらなかった。たぶん、おれがひとりで飯を食いに来た理由なんて最初からお見通しだったのだろう。そもそも、今まで柴と一緒に来なければこの店を見つけることはできなかった。ここに座れている時点で、おれは鈴代先生の意図の中にいる。

「蒼井くんは、ずいぶんいろんなものを連れているね」

おれの質問には直接答えず、鈴代先生はおれの周囲の空間を見渡すようにしながらそう言って微笑んだ。

「……わかるんですね」

「わかるよ。君のスーツのポケット、右肩の上、左の足元……ずいぶん可愛らしい『友達』だ」

「子どもの頃に飼っていたハムスターと文鳥と、猫です。たまにこうしてまとわりついて来るんですけど、何もしません。気まぐれに遊びに来るだけです」

ポケットの中で、くるんと楽し気に回る気配がした。家柄、というのかなんなのか、おれはいわゆる「霊的なもの」を引き寄せやすい。ただ、ほとんどは自分で対処できる範囲のもので、それほど深刻な事態に見舞われたことは特にない。時として、実体のない霊よりも生きている人間の方がよっぽど厄介だったりする。ただ、目の前のこの人は、おれ自身もほとんど出会ったことがないレベルの「大物」だった。

「この辺りは、昔から少し特殊な土地だって、聞いてはいます。けど、居るべき場所に居る間は、そんなに問題じゃない。……五年ほど前に、宅地開発がかなり進んだみたいですね」

「よく知っているね。蒼井くんは、この辺りの人？」

鈴代先生は、柔らかな笑顔を崩さずに聞き返す。その表情にも、声色にも、踏み込んでいくおれに対する嫌悪感や警戒心は感じられない。ここにあるのはただただ穏やかな温度と手触りだけで、だからこそふとした瞬間に目を離せば、すべてが手元をすり抜けていってしまいそうだ。

「実家が、寺です。この辺りではコンビニと同数くらいありますから、別に珍しくもない

でしょう。特に継ぐ気もないので、今は会社の近くでアパート借りてますけどね」

「そっか。じゃあ、あの場所のことも、知っているのかな」

「……若草《わかくさ》小学校の裏手、第二公民館に併設《へいせつ》された、記念図書館」

宝石のように輝く琥珀色の瞳から目を逸らさずに告げると、鈴代先生は静かに頷いた。

「観光誘致の道路拡張工事でね。史料として建物の一部は保存されたし、図書館の蔵書は

ほとんどが中央図書館に移されて引き継がれたんだけど」

でも、この人は居場所を失った。そうして、なぜかこの場所で、不思議な「店」の店主

として存在し続けている。本来の「拠り所《よどころ》」を失ったこの人の輪郭を繋ぎ止めるのは、容

易なことではないはずなのに。

現実的な苦みを身体に染み込ませたくて、手元の緑茶をぐっと煽った。そして、ポケッ

トの中や足元に感じる親しみ深い気配をなぞるように息を吸い、次の一手を打ち出した。

「……おれは寺の育ちなんで。一応、ガキの頃から最低限の訓練は受けています。それで

も、こいつらと『遊んだ』ときは、少し体力を持っていかれますね」

「うん、そうだろうね」

「あなたは、こいつらと違って人目にも触れるし料理だってできる。小説も書けるし、お

そらく身体に触れることもできる。でも、あなたは本来居るべき場所を失っている……。この場所を仮住まいとし続けるためのエネルギーは、人間《ひと》ひとりが与え続けるには重すぎます」

鈴代先生は、黙って頷き手元の湯呑に視線を落とした。新緑の色をした煎茶に、戸棚の中から取り出した桜の塩漬けをそっと落とす。透き通るような白い指先に、鮮やかな春の色が透けて色移りしそうに思えた。

「だから、返しているんだ。貰いすぎちゃった分を、こうして返している」

少し寂しそうに、そう言いながらおれに湯呑を差し出してくれた。この表情を見て、この人を責められる者などいるはずがない。おれだって最初から、この存在が同僚に危害を加えるつもりでないことなどわかっているのだ。それならば放っておけばいいものを、と自分を訝しく思いながらも目の前に置かれた茶を啜る。ここで出された食事はすべて平らげるべきだと、おれの本能が告げている。

本来実体のないはずの思念は、生あるもののエネルギーを媒介《ばいかい》にして形ある姿を保つ。そのエネルギーは、愛情でも思慕《しぼ》でも、あるいは恐怖でも憎悪でも、有り体《あてい》に言えばなんでもいい。簡単に言ってしまえば、生きている者が対象を認知し、存在を思い描くことでそのものに「形」を与えているにすぎないのだ。

おそらく「鈴代凪」は、生前あの図書館に関わりの深い人間だったのだろう。

だから、あの場所があるうちは、人々が「図書館」を認知することによってその姿を保っていた。しかし、それが失われた今も、これほど鮮明にその姿かたちを保っているということは、その不特定多数の人間よりも強く、はっきりとこの存在を「想って」いる人間が存在しているということ。自身のエネルギーを分け与え、この形なき生命の名残を繋ぎ止めている誰かがいるということだ。

そして、その「誰かさん」を通じてこの人を認知したおれも、今やまったくの例外ではない。こうして目の前にいる時間、おれに向かって話すその声の響きは、おれ自身のエネルギーを費やすことによってこうして形になっている。

しかし、目の前に差し出される温かな食事は、そうして差し出したものを再び身体に染み込ませるような力を持っているようだった。それはもともと、ここで支払っているおれ自身のエネルギーで、形を変え、返されたものに過ぎないはずなのに。それでも、その味はどこまでも優しく、温かな温度は奪われたもの以上にじわりと身体を温める気がした。

「……じゃあ、せめてちゃんと食わせてやってください」

空になった椀を押しやりながら言うと、鈴代先生は意外そうに首を傾げた。

「蒼井くんは、それでいいの？」

「別にいいです。首を突っ込む義理があるわけでもない。単に、自分の憶測がたしかなのか気になって来ただけなんで」

あと、あいつの身長が（エネルギー不足で）これ以上伸び悩むのも哀れなので、と付け加えようかと思ったが、何かの拍子に本人に伝わるとまたうるさそうなのでやめておいた。鈴代先生はおれを眺めて可笑しそうに整った顔を緩める。

「柴のことを心配してくれたんだよね」

「そんな大層なもんじゃないです。あいつが倒れるとおれの仕事が増えるのと……まぁ、こいつらをつい構っちゃうのと同じような感じですかね」

ポケットの中でもぞもぞと動き回っているらしい、（俗名）ハム助《すけ》の気配を感じ取りながら肩をすくめる。こいつらを未だに自由にしているおれを、家族はみな奇異の目で見ていた。「さっさと祓《はら》ってしまえ」と詰め寄られたこともあった。

すでにこの世を去った命の残像とともにあることには、時として相応の代償が必要になる。でも、おれにとってはそれほど特別なこととは思えなかった。それは、命ある存在でも同じこと。痛みや悩みに己をすり減らしてでも、ともに在ることを望める存在があることは、別に特別なことじゃなく、でもけっこう、すごいことなんだと思う。

「蒼井くんが居てくれるなら、安心だな」

独り言のようにそう呟いて、鈴代先生は自分の湯呑にも茶を注いだ。乾杯のように軽く掲げて見せ、美味そうに口に含む。

「けど、消えるつもりはないんでしょ」

何の気なしにそう返すと、鈴代先生は湯呑から視線を上げ、美しい瞳でこちらを見返した。

「…………まだ、もう少しの間はね」

その微笑みの色はとても複雑で、おれが掻き集めてきた言葉の欠片では組み立てられない。けど、柴が「鈴代凪」についてボヤいたり呻いたりしているときの表情と、やはりどこか通じるものがあると思った。奥底にあるものを描き切れないから、すごくすごく簡単に言ってしまおうと思う。

この人が柴のことを話すときの表情は、とても綺麗だ。

結：王子とツバメの幸福を探して

ひとつだけ、結末を知らないままのお伽噺がある。たしか、「幸福の王子」というのだった。

ある街を見守る、純金と宝石でできた幸福の王子は、人々のために自分の身体についた金や宝石を届けたいと願う。動けない彼の願いを叶えたのは、親友のツバメ。ツバメは友の願いを叶えるために、毎日毎日、王子の身体から取った宝物をくわえて、街から街へと飛び回る。暖かな土地に旅立つべきそのときを迎えても……。

記憶の中の凪は、半分ほどをめくった絵本を静かに閉じた。美しい装丁の表紙が、すらりとした脚の上で物語の刻《とき》を封じ込めるようにぱたんと小さな音を立てる。

「……………ツバメは、どうなるの？」

「大丈夫」と言ってくれるのを承知の上で、おれは尋ねた。いつもそうだった。凪の語るお伽噺の中では、誰も「かわいそう」じゃない。それなのに、凪は少し困ったように微笑んで、肩をすくめた。

「このお話は、少しお休みにしよう。おれは、王子とツバメと一緒に、お話の続きを考えなくちゃいけない」

「……王子とツバメは、離れ離れになっちゃうのかな」

おれには、このお話の「めでたしめでたし」がわからなかった。王子とツバメにどうなってほしいのかも、わからなかった。でもきっと、凪なら教えてくれると思っていた。だから、凪がどこか寂しそうに微笑みながら本を閉じてしまったのは意外で、不思議だった。

「……王子は、ツバメに帰るように言わないといけないのかもしれないね。あったかいところ、仲間がいるところに、帰るように言わないと」

「でも、そうしたら寂しい」

きっとツバメは、王子のことが大好きなのだ。だから、寒いことも忘れていた。王子のそばで、彼の願いを叶えることが、とても温かかったから。

「………………そう、だね。きっと寂しい」

凪は小さく呟いて、おれの頭に掌を乗せ、柔らかく髪を撫でた。おれはもう、それほど小さな子どもではなかった。だからこんな風に頭を撫でられることはあまり好きではなかった。でも、あのときの凪の手は振り払えなかった。凪がいつものようにすらすらと出鱈目なハッピーエンドを紡げない理由も、いつもとは少し違って見える表情の理由もわからなかったが、凪が王子とツバメに幸せになってほしいのだろうということだけはぼんやりとわかった。

「続きを思いついたら、教えてくれる？」

凪は、おれの髪を優しく撫でていた手を止めて微笑んだ。

「もちろん」

それでも、その話の続きをおれはまだ知らない。金ぴかの王子様と親友の心優しいツバメは、ずっとあの絵本の中で、もうすぐ訪れる冬を前に時を止めたまま寄り添い続けている。


「貴重なお話、ありがとうございました」

向かい合ったテーブルで、最後にもう一度礼を言って頭を下げると、広報担当者の男性は人の好い笑顔で手を振った。

「いえいえ、作品のお役に立てるなら幸いです。どんなお話になるのか、楽しみですね」

「はい。刊行時期が決まりましたら、また改めてご連絡差し上げますので」

お客の書き入れ時だというのに、親切に対応してくれた担当者への感謝を込めて微笑み返す。今日は、蒼井の代打で隣県の大型テーマパークに取材に来ていた。蒼井が担当している作家さんが書く小説の舞台となる、遊園地のスタッフの仕事やテーマパークの裏側についての話を聞いていたのだ。録音データと小型のノートパソコン、それに休日出勤の冴えない脳みそにも、スタッフの創意工夫や情熱がしっかりと詰め込まれ、なんだか力が湧いてくる。

「それにしても、スタッフの方のお仕事って本当にいろいろなんですね」

失礼な話、チケット切ったりアトラクションの管理をしたり、という「客」の目に触れる部分しか意識したことがなかったが、話を聞くうちに表からは見えないスタッフの仕事やお客さんへの思いが鮮やかに浮かんできて目から鱗《うろこ》が落ちっぱなしだった。

「そうですねぇ。先ほどもお話ししましたが、ここは『非日常』の空間ですから。私たちスタッフも、その空気感、風景の一部なんですよ。だからこそ、ひとつの仕草も、言葉も表情も、お客様にとっての『特別』な時間に値するように、皆で工夫をしています」

「……そういう心遣いが、『忘れられない思い出』を作るんですね」

帰り支度をしながらそう呟くと、担当者の男性は優しく微笑んだ。

「そうですね。……でも、僕は個人的に、『特別』だけに価値があるのではないと思っています」

「……？」

つけ足された一言に、パソコンを鞄にしまう手を止めて顔を上げると、男性は小さく肩をすくめて言った。

「『特別な時間』を過ごすことで、逆になんでもない日常の大切さを思い出したり、いつもの日常をちょっとだけ頑張れたりする。人の思考ってのは奇妙ですよね。でも、そういうお手伝いができれば素敵だな、って思っているんです」

これは、おれが出版社の編集者として聞いている話だし、この人はこのテーマパークの広報担当第一責任者だ。だからこの取材で聞いた内容には、もちろんこのテーマパークのPRやセールストークの要素も含まれている。それでも、その言葉の端々に彼らが仕事に対して持っているたしかな愛情や誇りが感じられて、それがなんとなく身体を温めてくれる心地がした。

「……私も、そう思います」

いつもと違う時間や風景を人の手に届けること。形は違えど、おれの「仕事」にも通じる部分がある。それでも、おれたちはいつか遊園地の門をくぐり、本を閉じ、自分たちの「日常」に戻っていく。それが見慣れすぎて色あせた景色だとしても、その手に触れ、慈しむことができる現実の何かは、その中にもきっとある。

「この後は、園内の取材とお聞きしていますので、ご自由に散策《さんさく》なさってください。お客様に配慮していただければ写真資料の撮影も問題ありません。アトラクションは十八時で終わりますが、今は期間限定のイルミネーションイベント中ですから」

「素敵ですね。クリスマス、ですもんね」

「そうなんです。若い方たちにも人気ですよ。もちろん、改めてデートとして来ていただいても大歓迎ですけどね」

「あはは……」

最後に悪戯っぽい笑顔でつけ足された内容にへらりと笑い返し、おれは事務所を後にした。

「あ、柴。こっちこっち」

事務所を出て、だんだんと人が増えてきた園内を見回しながら歩いていると、売店やレストランがある一帯の洒落たテラス席から、やたら明度と輝度の高いイケメンが声をかけてきた。

「あー、待たせて悪い。っていうか、なんでこの真冬にテラス席……」

こちらに向かってひらひらと手を振る凪に近づきながら、周囲の視線が一気に自分に集まるのを感じる。「てっきり美男美女カップルの登場かと思ったのに、こいつかよ」……というテロップが自分の頭上を流れ続けている気がする。まぁ、しかたがない。この寒空の下、凪を引っ張ってきて取材の間待たせていたのはおれなんだし。

「だって、この方が見つけやすいでしょ。それにそこまで寒くないよ。ほら、ちゃんと暖房完備されてるの」

たしかに、凪の近くまで寄っていくとテラス席の構造はちょっとしたビニールハウスのようになっており、洒落た西洋風のストーブと、今はまだしっかりと降り注いでいる日光の恩恵を受けて意外にぽかぽかと暖かそうだ。そういえば店の配置も、他の建物との兼ね合いで風が当たりにくい立地になっていた。正面の入り口から入って店員に待ち合わせであることを告げ、テラス席に向かうと凪はコーヒーカップをソーサーに戻してにこりと微笑んだ。

「取材、お疲れ様。収穫はあった？」

「あぁ。いろいろためになる話を聞けた」

「よかったね。そういえば、夕方からイルミネーションイベントがあるみたいだよ」

「そうそう……。抜かりない情報通の蒼井にきっちり『写真撮ってこい』って指令もらってるよ……。寒そうだなぁ」

「きっと綺麗だよ。暗くなるのが楽しみだね」

「凪はプラス思考だなぁ……。まぁ、どうせだからおまえもおれの労働対価として釣り合うくらいのインスピレーションは受けてくれ……」

そんな会話を交わしながら向かいの席に着き、鞄を下ろしてスーツの首元を緩めた。テーマパークにスーツで来るというのも妙な感じで、イマイチ雰囲気に浸れない。

「っていうか、ほんと悪かったな。美術館とか行くはずだったのに、おれの仕事に付き合わせて」

今日はもともと、凪が珍しくどこかへ出かけたいというので京都の観光スポット辺りを散策する予定にしていた。多くの名作の舞台となった景勝地《けいしょうち》を引き摺り回して創作に活かせそうなイメージを押し売りしてやろうと思っていたのに、今週に入って急にこの取材の代打が決まったのだ。しかたがないので凪との約束は日を改めると言ったのだが、凪は「別にいいよ。一緒に行こうよ、取材」と勝手に快諾《かいだく》し、いつもどおりに道行く人々の視線を集めまくりながらおれの「仕事」が終わるのを待っていた。

「おれが来たいって言ったんだし。それに遊園地とか新鮮だよ。一人じゃ来ないもんね」

「凪の場合遊園地どころじゃなく外出ないからな」

「買い物くらいは行ってるけど」

「え、行ってんの？　まぁ、そりゃそうか……。それにしてもおまえ、スーパーとか似合わないよな……」

洋風の装飾品が並ぶテラス席で、園内を彩る色とりどりの花をバックに、長い脚を組んで優雅にティーカップを傾ける。そんないっそ胡散臭いくらいのシチュエーションと仕草が、なぜか凪には馴染んでしまう。その向かいでホットココアを啜るおれの居心地の悪さは半端じゃない。通行人の視界にも、スマホで流行りの消しゴムマジック的な効果が自動で発動してくれればいいのに。

「おれ、スーパー好きだよ。食材選んでると、ついつい長居しちゃうんだよね。今の時期はね、葉物の野菜が美味しい」

「ふーん……」

そんな明度高い笑顔で言われてもな……。まぁこいつのことだから、商店街のこぢんまりしたスーパーでも白菜片手にご近所の皆さんの視線をくぎ付けにしているに違いない。

「今度、うちで鍋しようか。白菜と水菜たっぷりの、しゃぶしゃぶとか」

「う……急に飯テロぶち込むな。腹減るだろうが」

「別に減ったっていいじゃない。帰ったら作るけど、とりあえずここでも何か食べる？パンケーキが美味しいらしいけど、軽食もあるみたいだよ。サンドイッチとか、パスタとか」

「んー……。どうするかなぁ」

まだそこまで遅い時間ではないし、たぶん以前のおれの「前科」からして、取材が終わったら凪の店に強制連行され飯を食わされる……もとい食わせていただけるのは確定事項な気がする。さして運動もしていないのにそんな豪華二本立ては、アラサーのおれ（の腹）に許される贅沢なのだろうか……。そんなことを考えながらも美味そうなミートソースパスタの写真に吸い寄せられるように、凪の手元にあるメニューに手を伸ばす。「日替わりメニューはこっちだよ」と店員のように説明をしてくれる凪の肩越しに、壁掛けのプランターから小さな花が床にはらりと落ちていくのが見えた。

「あ」

「ん？」

思わず身を乗り出したおれの視線に気づいたのか、凪は日替わりメニューをおれの方に押しやってから、足元を見渡して小さな花を拾い上げた。名前はわからないが、薄桃色に白と黒の模様が繊細にちりばめられた美しい花弁を持つ花だった。風に当たって茎が傷んだのか、まだ枯れてはいないのに株から切り離されてしまい、すっかり萎れて元気をなくしてしまったように見える。

「……落ちちゃったんだな」

凪がテーブルの上にそっと置いた、小さな花に触れる。花弁は瑞々しさを失い、重力に逆らえずに力なくテーブルクロスに身をゆだねた。

「可愛い花だね」

凪は満開に咲き誇る大輪の花を眺めるときと同じようなトーンでそう言って微笑んだ。

枯れていく花を惜しんでいるのが自分だけのような気がして、なんだか少し寂しくなる。

「なんかさ……こういうお話なかったっけ？　綺麗な花が、人間が寝静まった夜に煌びやかなダンスパーティーを開く……みたいなやつ」

「『イーダちゃんの花』かな？」

「そう、それ。たしか、ダンスパーティーを楽しんだ翌日、花は全部枯れちゃうんだよな。花を大事にしていた女の子が、悲しむんだ」

明日には枯れる運命《さだめ》を知りながら、それでも優雅に、自分たちの美しさに誇りを持ってフロアを舞う花たち。いや、知っているからこそ、なのだろうか。指先に触れる頼りなげな命の感触に思わず目を伏せると、凪はふっと小さく笑った。

「柴が小さな子どもだったら、枯れてしまったお花が可哀そうだって言いそうだね」

「まぁ……そう、かもな」

実際に言ったしな、という一言は心の中でつけ足しておく。凪にこの絵本を読んでもらって、イーダちゃんが大切にしていた花たちがダンスパーティーで踊る場面は本当にわくわくした。煌びやかなダンスホールにちりばめられた、色とりどりの花弁のドレス。きっと鮮やかで、美しい光景だったことだろう。そうして、花たちが枯れてしまって眠りにつくシーンは、しかたがないとわかっていても寂しかった。

「……でも、あれってもともとハッピーエンドなんだったっけ？」

そういえば、ここまで思い出しても凪の「出鱈目アレンジ」が浮かんでこない。悲しい結末のお話には、必ず添えられていたはずなのに。

「あぁ。あのお話はね、イーダちゃんが枯れたお花の種を地面に植えてあげる場面がちゃんと描かれているんだよ。また次の季節に、綺麗に咲けるように……っていう願いを込めてね」

「なるほど」

だから、凪はおれに読み聞かせをするときに結末を「変える」必要がなかったのだろう。暖かい土の布団で眠りにつき、また美しい姿でダンスを踊れる日が来ると知って、子どもの頃のおれは安心することができたのだ。

「……けど」

「ん？」

「……次の花が咲いても、それはまったく同じ花じゃないだろ」

「うーん。生まれ変わり、ってことになるのかなぁ」

「いなくなるのも変わってしまうのも、やっぱり……寂しいよな」

思わず零れたおれの言葉に、凪は目を瞬かせた。おれはごまかすようにホットココアのカップを引き寄せ、温かな甘みを無理やり身体に流し込む。話を変えようとして顔を上げると、凪が悪戯っぽい表情で先手を打った。

「ねぇ、柴。そのお花、もらっちゃおうか」

「え、ダメだろ」

「花泥棒は罪にはならないらしいよ」

「なるわ。ここはメルヘン王国じゃないんだよ、法治国家なめんな」

また突拍子もないことを言い出した凪に引きつった表情で言い返すが、すでにおれの言い分を聞く気がない凪は、隣の椅子に掛けていた黒革の洒落たボディバッグの中から、手触りの良さそうなハンカチとティッシュ、そして文庫本を取り出した。

「だって、自然に落ちちゃったわけだし。店員さんも怒らないよ。水分を取って、こうして押し花にするの」

ティッシュに挟み、そっと優しく撫でながら花弁の位置を整え、ボディバッグから取り出した厚めの文庫本のページに挟む。凪は何かを閉じ込めるようにゆっくりと表紙を閉じた。

「あー……花泥棒が確定した」

「柴も共犯ね」

「おれは止めたぞ……っていうか、どうするんだよ、それ」

胡乱な目で、メルヘン大国の容姿端麗《たんれい》な花泥棒を眺めつつそう言うと、凪は優しい手つきで文庫本の表紙を撫でながらにっと笑った。

「店に戻ったら、和紙に押して栞にしよう。柴にあげる。柴が読む本のページに、いつも居てくれるよ」

「……ほんとに共犯になるじゃねーか」

ずず、とココアを啜りながら呆れ声で返すが、凪は気にせずに手元を片づけ、何食わぬ顔で店員を呼んでおれがさっき眺めていたミートソースのパスタとサンドイッチプレートを注文した。非日常の風景にも馴染みすぎる凪の綺麗な横顔を眺めながら、文庫本のページに挟まれた小さな花を思い出す。

何が正しいのか、何が花のためなのか、それはおれにはわからない。けれど、色あせ乾いた身体の中に、たしかに色鮮やかに咲いていた時間の記憶を閉じ込めている命の残滓《ざんし》を、おれはやっぱり美しいと思った。


「はー……みごとにカップルばっかだな」

柔らかな毛足のネックウォーマーに口元をうずめながら、おれは白濁《はくだく》のため息をついた。身体の芯から凍らすような冷気に満ちた冬の夜なのに、周囲には上気したように頬を染める恋人たちが山といる。

「しょうがないよね。カップルに囲まれているというよりは、おれたちがわざわざ飛び込んでいるわけだし」

　げんなりとするおれを眺めながら、凪はそう言って笑った。バーバリーチェックのストールをあしらった、厚手のコート姿もサマになっている。クリスマスデート中に、こんな奴が彼女の視界に入ったらけっこう嫌だなと思った。

「まぁ、それはそうだ……。凪のくせに、正論だ……」

　今日はクリスマス。そして、おれたちがいるのは話題のイルミネーションスポット。凪の言うとおり、恋人たちの聖地に勝手に飛び込んでいるだけだ。愚痴る権利すら、おれにはない。

「はぁ……。蒼井のやつは、今頃あったかいパーティー会場で豪華な飯食ってんだろうなぁ……」

　有能でイケメンな同僚の顔を思い浮かべ、おれは寒さに縮こまりながらため息をついた。蒼井に仕事を振られることは珍しい。珍しいが、たまに来る「お願い」の厄介さはなかなかのものだ（何せアイツの手に余るくらいだから）。そして、その中でも今回の「取材代行」はトップレベルの面倒くささ……もとい、厄介さだった。

　広報担当者に話を聞くまではよかったのだが、そこに「ついでに園内イルミネーションの写真も撮って、後で資料化しといて」と雑な指令で上乗せされた取材がなかなかの曲者で、正直自分でやれよと怒鳴り散らしてやりたかったが、どうせここまで来ているのだし、作家さんの役に立つのなら仕方がないと社会人としての理性と責任感を総動員し、おれは凪を道連れに寒空のテーマパークに居残っている。

「蒼井くんなら実地で取材できそうなのにね、モテそうだし」

凪はそう言いながらも、入園時にもらった小さなパンフレットを片手に、楽しそうに周囲を見回す。人の多さと寒ささえ気にしなければ、冬の夜空の下で無数にちりばめられた光の粒はたしかに美しかった。園内では輝くトンネルや、花と光の競演、プロジェクションマッピングによる凝った演出などが途切れることなく続いており、それを眺める人々の笑顔や歓声に溢れている。

「そうだな……。けどまぁ、あいつも今日仕事だから。担当してる作家さんの表彰式《ひょうしょうしき》に同行して、遠方出張」

そうでなければ、こんな「手伝い」は引き受けなかった。どう考えても、おれよりは蒼井の方がこの空間にマッチしている。わざわざ人の休日出勤に付き合うなんて物好きだとは思うものの、このイルミネーション会場では隣にいる凪の存在に感謝しないわけにはいかなかった。おれ一人では、その辺の木にぶら下がった豆電球の光にすら霞んで儚く散っていたことだろう。

あとは、以前世話になった負い目があるからだ。凪のことを「忘れ」かけていたおれに、蒼井は思い出させてくれた。あのときのことを考えると、今でも寒さとは関係なく背筋が冷える思いがする。

「いろいろと大変だね。柴も忙しい？」

「んー……おれは、そんなにかな。誰かさんのためにスケジュール余裕持たせたのに、一向に書いてくれる気配がないから」

ちくりと皮肉を込めるが、そんなことがこたえる「誰かさん」ではない。凪はひときわ明るく輝く展示ゾーンを見つけたらしく、おれの腕を引っ張って歩きながら「へー」と他人事のように聴き流した。

「もしかして、おれのために時間作ってくれてるの？　じゃあ、他にもどこか行こうか」

「…………どう聴いたらそういう解釈になるんだよ。おれは『書け』って言ってるんだ」

「書くための取材、かもしれないよ？」

「嘘つけ！　じゃあ今のコレで充分だろ！　冬の夜の美しいイルミネーション、これで短編のひとつでも書いてみろ！」

往生際悪く、いつものように凪に噛みつく。実際、今日蒼井に頼まれた取材は、ある遊園地を舞台にした「感動小説」の資料になる。遊園地で働く青年と、記憶を失う病を抱えたひとりの少女のお話。それもあって、凪をここに連れてきた。

「たしかに綺麗だよねぇ。柴から聞いたスタッフさんの話も興味深かったし。……忘れられない風景、か」

「さぁ、青春モノでもお仕事系でも、よりどりみどり、なんにでも使えるぞ」

半ば自棄気味にそう言いながら凪に詰め寄ると、凪はおれのダッフルコートの肩に手を置き、可笑しそうに笑った。

「怪しい通販みたいだよ、柴」

「うるさい。おれは必死なの」

正攻法では通用しないことを嫌というほど学び、子どもじみた作戦すらもう底をついている。ため息交じりの呟きに、凪はなぜか嬉しそうに頬を緩めた。

「おれのために必死になってくれる柴、可愛いなぁ」

そう言って、おれを引き寄せる。凪のコートにぼすんと鼻がぶつかり、視界の端で凪のストールが揺れた。

「この底なしポジティブが……。人の気も知らないで……」

正直蹴り飛ばしてやりたかったが、さすがにこれ以上子どもじみたやり取りをして、ムード全開の周囲の恋人たちの邪魔をしたくはない。取材で名刺を渡してしまったし、出禁にでもなったら蒼井に何を言われるか、想像するだけで胃が痛い。しかたなく、おれは凪のコートに顔を押しつけたまま力を抜いた。

「知ってるよ。柴は、そうやっていつもおれのことを考えてくれる。……ねぇ、柴なら、どんなお話を書くんだろうね？」

何が楽しいのだか、凪はおれの髪を梳くようにそっと頭を撫でる。その感触が不覚にも心地よくて、温かくて、身体の中にずっと凍らせて閉じ込めていた言葉が、ふわりとほどけて零れ落ちた。

「……おれは、ひとつしか書けない」

「そっか」

「……図書館に棲んでいる、優しい幽霊の話」

おれの髪を撫でていた凪の手が、ぴたりと止まった。顔を上げなければ、と思った。おれの言葉に凪がどんな表情をしているのか、それを見なければと思った。でも、できなかった。いつもどおり、掴みどころのない温度の凪の身体に顔を押しつける。頬を撫でる冷たい空気の方がよっぽど現実感があることを、その感覚を、隠すように。

「優しい、か……」

「……んだよ。おれの一世一代の物語にケチつける気か」

少し自嘲《じちょうてき》的に響いた凪の声を掻き消すように、わざと不満げな声を出した。誰が……いや本人がなんと言おうと、おれの物語に登場する幽霊は、優しい。優しくて、綺麗で……いつもどこか、掴みどころがない。

「その幽霊は、優しいんだよ。母親がいなくて、引っ越しばっかで、寂しがりだった子どもに出鱈目なお伽噺を聴かせてくれるんだ」

「へぇ……。その子は、出鱈目なお伽噺で育ったんだね」

「そうだよ。おかげで本好きで、夢見がちで、出鱈目な大人になる」

ため息交じりに呟くと、頭上でふっと小さく噴き出す声が聞こえた。

「いいじゃない。最高」

「雑な感想述べてる場合か……。まぁ……悪くはないよ。たぶん」

そう言ったとき、おれの身体に緩やかに回されていた凪の腕に痛いほどの力がこもる。その意外な力強さに驚き、思わず目を閉じると、あの頃の風景がよみがえってくるような気がした。スニーカーの底に触れる、つるりとした床の感触。厚いカーテンに遮られ、仄かな気配だけを届ける太陽の光。静寂という言葉を写しとったような館内。書架の奥、時間を吸い取ったような乾いた紙の匂いが鼻をくすぐるあの場所で、いつもおれを待ってくれていた、美しい人。

そうして、凪の身体越しにくぐもって聴こえる周囲の雑踏から滲み出すように、何度も何度も聞いた、学校での噂話が頭の中に響く。

──あの図書館には幽霊が出るんだよ。昔、戦争で焼けてしまった場所だから。

──でも、幽霊ってそのうち消えちゃうんでしょ？　おばあちゃんが言ってたよ、幽霊は……たら、消えてしまうんだって。

──だから、幽霊は人を怖がらせるんだよ。怖がらせて、記憶に残すんだ。

もしあの噂話が本当なら、そうしてくれれば良かったのに。おれを怖がらせて、悲しませて、どんなに暗い色でもいいから記憶を染め尽くして、ずっとそこに居てくれればいいのに……この腕は、いつまでたっても優しいままだ。

おれの身体をすっぽりと包み込む凪の掴みどころのない体温に溶かされるようにして、

喉の奥に詰まっていた欠片が、周囲の寒さと不似合いな熱と共に零れ落ちた。

「……なぁ凪、知ってたか？　……幽霊ってさ、人から忘れられると消えちゃうんだって」

顔を上げることはできなかったけれど、俯いたまま少し上から聴こえてくる凪の声は落ち着いていて、いつもどおりにどこか飄々としていた。

「……そうなんだ。じゃあ、もし幽霊が消えずに、この景色を見られてたとしたら」

「………」

「それは今この瞬間も、誰かに想われてるって証拠なんだね。それって、すごく幸せなことだ」

「…………うん」

それが幸せなことだと、迷いなく言い切った凪の強さが無数のイルミネーションよりも眩しくて、おれは強すぎる光から隠れるように凪のコートに頬を寄せた。凪は変わらない。その優しい声で言葉で、幼いおれに出鱈目なお伽噺をたくさん聴かせてくれた。今は、社会に揉まれて立ち止まったり疲れたりするおれに、温かい料理と優しい時間をくれる。凪とおれの風景の中で、凪はずっとあのときの「美しい人」のまま……おれだけが、凪の隣で年を取る。

「……凪は、もう新しい話を書くつもりはないのか」

掠れそうな声で思わずそう呟くと、凪は大きな掌でおれの髪をそっと梳いた。そうして、静かに首を横に振った。

「そんなことはない。……ただ、新しい作品を書く前に、考えなくちゃいけない話があるんだ」

「……え？」

凪のつぶやきが、周囲のざわめきに霞むことなく耳に届く。ここにいるすべての人が、今自分の物語の主人公で、同時に他の誰かの物語の風景であり、脇役でもある。おれたちがなぞるこの時間は、風に煽られる絵本のページのように、目に見えない力でぱらぱらといたずらにめくられていく。

「やっと、少し考えられそうな気がしてきた。……柴、おれが話の続きを考えたら、聴いてくれるんだよね？」

優しく、温かなその声。その声を辿って、なぞって、何度も何度も頭の中で響かせて、おれはこの時間に辿り着いた。

だから、凪が導いてくれたこの毎日を精一杯生きながら、おれは凪に、笑顔を返したい。図書館の片隅でひとりで待ち続けていた凪に、おれがもらった温かさの、ほんの一部でもいいから、幸せを返したい。それが、おれのすべてだったのに。そう思いながら過ごす日々は、皮肉にも、おれの身体を凪以外のもので満たしていく。凪のそば以外では、呼吸すらできる気がしなかったのに、必死でもがいているうちにいつの間にか、自分の足で歩くことをおぼえた。大切なもののためにと夢中になって歩く一歩一歩が、気づけばおれと凪を遠ざけて、いつか帰り道さえも、おれは忘れてしまうかもしれない。

編集長の言葉は、きっと正しいのだと思った。人は……おれは、痛みを伴わない温かさをいつも見失いそうになる。当たり前になって、気にも留めなくなって、忘れてしまいそうになる。

だから、おれは凪に「泣ける話」を書かせたかった。大勢の人の心に強く爪痕《つめあと》を遺すような消えない物語で、「鈴代凪」をこの世界に刻みつけたかった。たとえおれひとりが、ふと凪の温かさを忘れてしまっても、この存在が消えてしまわないように。

でもきっと、そのことを凪はずっと知っているのだろう。知っていて、ずっとずっと昔から、凪はおれに温かいものだけをくれる。温かいものしか、くれない。おれの持てる時間のすべてを賭けた、人生最大の「ワガママ」は、今日も凪の掌の上で、消えるでもなく掴まれるでもなく、ふわりふわりと漂い続ける。

残酷なくせにどこまでも優しい感触を追うように、おれは凪の琥珀色の瞳を見返しながら聞いた。

「……その話、悲しくないか……？」

尋ねるおれの声に、凪は柔らかく微笑む。

「大丈夫。おれが柴に聞かせる話は、必ず『めでたしめでたし』なんだよ。……ずぅっと、そうだったでしょう？」

「…………うん。そうだな」

「だから、大丈夫。これからもちゃんと柴が笑えるように、話の続きを考えるから」

「…………うん。約束だぞ」

凪は微笑んで頷くと、長く綺麗な指をすっとこちらに差し出した。

「……？　なんだよ」

「約束、でしょ。指切りとかしとこうかな、と思って」

「いらねぇ……。いくつのコドモだよ……」

心底呆れながら返しても、いつもどおりにマイペースな凪は気にせずにおれの手を取り冷たい指をそっと絡める。掴みどころのない体温が妙に優しく感じられるのが悔しくて、力任せに小指で握り込むと頭上で可笑しそうに笑う声が聞こえた。

おれたちの周りでは、ちらちらと舞い散る雪の結晶と、カラフルな光が溶け合って気まぐれに遊ぶ。この景色を同じように眺めているのは、たぶん外から見るほど幸せな人ばかりじゃない。彼らは本の中で描かれそうないろいろな過去を乗り越えた家族かもしれないし、十年後も同じ表情で笑い合える友達かもしれないし、明日には別れを告げる恋人同士かもしれない。でも、ここからは見えない時間に何が待ち受けていたとしても、この一瞬がどこまでも美しくあればいいなと思った。凪が優しい言葉で閉じ込める、出鱈目なお伽噺のように。

「――で、なんでおまえがここにいる？」

珍しく定時上がりしていった同僚・蒼井が凪と談笑しながら酒を飲んでいる姿を眺め、おれは戸口で眉をひそめた。

蒼井は面倒そうに振り返り、おれの好物でもある明太チーズの天ぷらを頬張った。

「いいだろ、別に。おれは鈴代先生の店の『客』であって、おまえには関係ない」

「最近ちょこちょこ来てくれるんだよ、蒼井くん。柴の話もしてくれるしね」

今日も今日とて、代わり映えのしないはんてん姿で蒼井に酌をしながら、凪は嬉しそうにそう言って微笑んだ。

「……いや、そいつがするおれの話聞かないで。絶対ロクでもないことしか言わないから」

顔を引きつらせながらそう言ってカウンターに向かう。いろいろと世話になったことを忘れたわけではないのだが、正直、あまり蒼井と凪を近づかせたくないのだ。「霊媒の修行を受けていたことがある」と言っていた、編集長の言葉を思い出す。まぁ、この調子だと本当に酒飲みに来てるだけなんだろうけど。

「そんなことないけどなぁ。まぁ、とりあえず柴も座りなよ。何食べる？」

おれの複雑な心中を知ってか知らずか、凪は棚から見慣れた赤膚焼きの湯呑を出し、慣れた手つきで茶を出してくれながら呑気な声で尋ねてくる。

「蒼井が食べてるやつ。蒼井より大盛で」

品書きも見ずにばっさりとそう言うと、凪は「はいはい」と可笑しそうに笑った。

「ガキみたいな対抗意識出すなよ……」

隣の席で、蒼井が呆れたようにおれを眺めて呟いた。

おれの推し作家は、いまだに「泣ける話」を書かない。

おれと凪の毎日には、手の込んだミステリーもないし、あっと驚く大事件も起こらないし、ちょっとドラマチックかななんて思えるできごとすら大してない。

でも、そんな凪のそばで見る景色が、なんでもないあたりまえの風景が、おれにはときどき、ありえない奇跡みたいな色に映る。

だから、泣ける話を書けない凪のそばで、おれはふっと目頭が熱くなる瞬間がある。

だけどそのことを、今はまだ秘密にしておこうと思った。

「柴、美味しい？」

湯気で煙る視界の向こうから、幸せそうに笑う綺麗な表情がのぞく。

——嬉しいときや楽しいとき、この人のことが好きだなぁって思うときにはね、笑うんだ。思いっきり、笑顔になるんだよ。

凪が教えてくれた「伝え方」を、おれはちゃんとおぼえている。だから今は、こいつの紡ぐ出鱈目であったかい物語の続きを、思いきり笑って聴いていたいと思った。

「もちろん、美味いよ。いつもどおり」

そう言いながら手に持った椀の温かさに、頬が緩んだ。

終章：世話焼き同期は黙って飯を食えない。

「蒼井くん、よかったらだし巻きの味見しない？」

「え、いいんですか」

カウンターに広げた資料から目を上げると、鈴代先生はふわりと微笑んで頷いた。どこまでも美人で、どこまでも柔らかな笑顔。そして美味い酒と飯。古都の路地裏にあるこの小料理屋は、眼と身体の保養が同時にできるなんとも得な店なのだが、残念ながら行きつける人物は限られている。おれ自身、ひとりでもここに辿り着けるようになったのは最近だ。相変わらず落ち着きのない田舎町の子犬みたいな同僚に、この件だけは感謝している。

「こっちは少し梅の風味を足してみたんだ。もう一つは、出汁のブレンドを変えたんだけど、どうかな？」

芸術品のように繊細な重なりでふんわりと巻き上げられただし巻き玉子。抹茶色の渋い小皿に、優しい黄色がよく映える。箸を入れると、深い出汁の香りが鼻先の空気を染めた。

「うま……。ふたつとも採用ですね」

舌先を撫でるように柔らかな食感を堪能しようとするのだが、口の中に広がる絶妙な旨味についつい咀嚼が進んでしまう。おれとしたことが、だし巻き玉子にここまで語彙力《ごいりょく》を持っていかれる日が来ようとは。

「そう？　よかった」

嬉しそうに微笑んだ鈴代先生は、手元のノートに流れるようにレシピを書き込み、すぐに別の調理に戻る。新作メニューの開発に余念のない、勤勉な店主……と思いながら、おれは店の中をぐるりと見渡した。

いつもと変わらず、静けさが似合う店内。というか、その単語しか当てはまらない。おれと柴以外の客をここで見たことはないし、特に乏《とぼ》しいとも思わない自分の想像力をもってしても、この空間が客で賑わっている様を思い浮かべることはできなかった。

おれは諦めて手元のだし巻きに意識を戻す。こんな観察と考察を行わなくても、この人の料理が誰のために生み出されているのかはわかっている。思わず、ため息とともに呟きが零れた。

「それにしても、あいつにこんな繊細な味の違いがわかるんですかね……」

鈴代先生はおれの皮肉とも取れる率直な感想を聞き、可笑しそうに表情を緩めた。

「ふふ、柴はああ見えてグルメなんだよ、昔っから」

「昔？」

「そう、柴は美味しい食べ物が登場するお話も大好きなんだ。可愛い二人組が大きな卵焼きを作る話、口癖が特徴的な女の子が不思議な世界でお料理をおぼえる話、秘密がいっぱいのお菓子工場の話、とか」

「単に食い意地が張ってるだけでしょ……」

「けどねぇ、あんなにキラキラした目で読んでるのを見てたら、実際に作ってあげたくなっちゃうんだよね」

肩をすくめながら、でも幸せそうな表情で話すその姿を眺めていると、どんな言葉よりも明確にこの「場所」の持つ意味がわかる。温かい場所と時間。美味い飯と酒。読み切れないほどの貴重な書物。それから、必ずここに居てくれる、この美しい存在《ひと》。

「鈴代先生は、あいつの欲しいものを察知する超能力でも持ってるんですかね」

ラス1《イチ》のだし巻き玉子を惜しむように箸でほぐしながらそう言うと、鈴代先生は目を瞬いてふっと笑った。

「超能力、要らないでしょ。柴は全部顔に出るから」

「……まぁ、それもそうですね」

「この間もね、読みたい本があったみたいでずっと書棚の前でウロウロしてて。仕事のことでおれに頼るのは嫌みたいなんだけど、あんなに全身で語られちゃ、ついつい手を貸したくなるよね」

「本……ねぇ。そういえば、ここってかなり貴重な本がありますよね。エンリケ・バリオスの小説とか、絶版したしネットでは超高額でしか取引ないですよ」

「そうだねぇ」

「おれ、あの図書館が閉館したときの記事いろいろ読みましたけど」

「うん」

「……連れてきたんですか、大事だから」

だし巻き玉子の舌触りは、相変わらず優しい。最後の一口は舌先でほどけて、旨味が広がる。その温度に甘えて、確信的なトーンで尋ねてみた。

鈴代先生は少しだけ手を止めて、人差し指を立てると、そっと唇に添えた。内緒、というように。そうして、柔らかな表情で微笑んだ。

「行き場がなかったからね。大きくなったら読みたい、って言ってた本もあったし」

「……そんなに大事なら、同じように連れていこうとは思わないんですか」

「思わないよ」

静かな声は、思った以上の強さで身体の奥まで響く。鈴代先生は、少しだけ目を伏せ、それから何かを辿るように宙に目をやった。

「……だって、あの子は本とは違う。ちゃんと見つけたんだよ。自分の力で、一生懸命歩いて。もう、行き場のない子どもじゃない」

その柔らかな声に、一体どれほどの感情が込められているのかを推し量るのは、おれの手には余る作業だった。ありったけの色をパレットにのせ、戸惑いながら混ぜていく。濁って、でも深くて、名づけようのない色が、目の前に広がってこの不思議な空間を染めていく気がした。

「……それならせめて、一番欲しいモノくらい、やればいいのに」

そうして、できる限り永く、「こちら側」に居続けてやればいいのに。思わずそう続けそうになって、口を噤んだ。この店の料理は、少しばかり口を軽くしすぎる気がする。言葉がするすると零れてしまう。まるで、伝えることが苦手な誰かさんのために誂《あつら》えられた、お節介な魔法みたいだ。

鈴代先生はおれの「うっかり零れた」一言に、少し目尻を下げた。それから、落ち着いた声色で一言応えた。

「単に書けないだけだよ」

嘘だ。しかもしれっと躱された。あいつが欲しいのは、鈴代凪が書く「忘れられない物語」。でも本当はそれだけじゃない。その作品で繋ぎ止めたいのは、この存在自身だ。

一応編集者の端くれでもあるおれの読解力をそれほど低く見積もったのか、わかってて流せというつもりなのか。おそらく後者だとは思うものの、さも当然のように涼し気にいなされたのが癪だったので、知らぬふりをして酒の肴《さかな》に少しだけ踏み込んでみることにした。

「じゃあ、なんであのときは書いたんですか。賞にまで出して」

数年前に獲った、大手出版社の文学賞。新人作家の登竜門とも言われた名誉を手中にし、龍となって飛翔するかと思われた風来坊《ふうらいぼう》は、あっけなく姿を消した。なんの葛藤もなく、奮闘もなく。まるで最初から、僅かな時間この世界に自身の存在を映し込んでおくことだけが、目的だったと言わんばかりに。

「………そうだね。あのときは」

鈴代先生は、遠い記憶を辿るようにすっと美しい瞳を細めた。この人が見ている風景は、この人の周りに流れている時間は、おれや柴のそれとはおそらく違う。けれど、こうして愛おし気に「思い出す」記憶を持っている。それが不思議な気もするし、当たり前のような気もしてくる。

「もうちょっとだけ、時間が欲しくなっちゃったんだ。しっかり頑張ってる姿を、一目見ておきたくて」

「……なるほど」

はにかんだ少年のようで、愛を告げる青年のようで、すべてを受け止め赦す老人のようでもある、その表情。どこまでも透き通る清廉《せいれん》も、濁った色々を溶かし込んだ混沌《こんとん》も、すべてがその笑顔の中にある。

少しばかりの勢いで踏み込めば、簡単に呑み込まれてしまいそうだ。自分の身体の感触を確かめるように、小さく息を吸った。鈴代先生は、そんなおれの様子を掴みどころのない色の瞳で眺めながら少しの間の後、いつもの表情に戻って尋ねてきた。

「ねぇ、蒼井くんはさ、ちょっと苦手な絵本とかってなかった？」

「……苦手、ですか？」

「そう。お伽噺とか昔話ってさ、けっこう理不尽なもの多いじゃない」

「うーん……。あんまり考えたことないですけど、『花咲かじいさん』の絵本は怒って破ったことがあったらしいです。ポチをいじめる爺さんのページ」

「あはは、蒼井くんらしいね」

「鈴代先生にはあるんですか？　苦手な絵本」

「……『幸福の王子』」

「オスカー・ワイルド？」

たしかにあまり明るい話ではない。けれど、鈴代先生の言葉の温度はそういう「書評」談議のそれではなかった。おれは頭の中で記憶の中の絵本を探る。金と宝石でしつらえられた王子と、その願いを叶えるために王子のそばに寄り添い続けたツバメ。渡り鳥であるはずのツバメは、王子のために飛び回ることに夢中になって、遂《つい》には自分の群れに、あるべき場所に戻らずに、凍えてしまった。

「……おれはね、あの美しい王子様を、あんまり好きになれないんだよ」

まるで、自分自身を責めるような口調だ。おれは湯呑に手を伸ばし、ほんのりと苦みの溶け込んだ緑茶を啜った。

「……ツバメを、縛っているからですか？」

「そう」

ゆらりと揺れる灯りが湯呑の縁を撫でる。新緑の茶が繊細な水紋を描くのを見下ろしながら、もう少しだけ記憶の中のページをめくった。子どもの頃は、悲しい話だと思った。

お人好しのツバメが可哀そうな気もした。けれど、今頭の中に浮かべたツバメの姿は、不思議とあの頃よりも力強くて、幸せそうにも思えた。

「けど、あのツバメは……行こうと思えば、ひとりで飛んでいけたんですよ」

なんとなくそう言うと、鈴代先生は意外そうに目を瞬いた。聡明なこの人が不意に見せたどこかあどけなくも見える表情が、見慣れた人物のそれに重なる。いっつも人の隣で唸ったり突っ伏したりため息をついたりしながら、それでもなんか楽しそうな、妙な同僚。

「それでも、自分で選んだんでしょ。自由だから。あんたの大切なツバメは、あんたが思っているより逞《たくま》しいんじゃないですか」

おれがそう言ったときの鈴代先生の表情は、新作のだし巻き玉子なんて比じゃないくらいにおれの語彙力を根こそぎ奪っていったから、おれはなるべく直視しないように手元の湯呑に浮かんだ桜の花弁に視線を逃がした。


「めでたしめでたし」で終わる物語は、いつだって綺麗だ。でも本当は、おれたちが生きるこの現実の世界に、誰にとっても大団円《だいだんえん》の完璧なハッピーエンドなんてものはない。それどころか、ほとんどの物語《じんせい》が結末すらも選べないまま徒に過ぎていく。大切なものとの別れは、いつだって理不尽で、唐突だ。

そのことをその身に刻んで知っているこのふたりは、選べない結末に葛藤し怖れながらも、ゆっくりと大切に、どこまでも愛おしそうに日々のページをめくっている。日に焼け色あせて、擦り切れた書物のようなこの毎日の、なんでもない「普通」の一瞬一瞬を。

見届けたいな、と思った。

おれが読んできた数え切れない物語の、たぶんどれよりも不格好で、温かくて、難解なこのお伽噺の、行く末を。

凪の栞‥ちょっと疲れたら旅日和

おれが言うのもなんなのだけれど、柴にはいくつか不思議な習性がある。

一つ目は、身長のことを人から言われると怒るのに、自分ではちょいちょい柴曰くの「身長格差社会」に挑みに行くこと。内閣府かどこかのホームページにその年の平均身長が掲載される時期にはなんだかそわそわしている。そしてスマホでこっそり確認している。年によって多少の前後はあれど、ここ数年は成人男性の平均身長がたぶん一七〇センチを超えているし、そうそう下がることもないと思うのだけれど、ちらちらと周囲を窺いながら、合格発表か宝くじの当選番号でも確認するみたいに期待を込めて画面をスクロールしている後ろ姿を見ると、こちらから夢を壊すことはなかなかできるものではない。

あとは、服や靴を買うときに、よせばいいのに「大きいサイズ」のコーナーを覗きに行くこと。デパートの靴売り場なんかでは、なぜか「小さいサイズ」と「大きいサイズ」の陳列棚が背中合わせになっているところが多く、あれはたぶんどちらの該当者にとってもあまり喜ばしくない光景なのだと思ってしまう。特に一緒に買い物に行ったときに柴が一《いち》縷《る》の期待を込めたような表情で反対側の棚を覗きに行って、すぐに打ちひしがれた表情で戻ってくるのを見るのは忍びない。「S」の字が書かれた値札やタグを、親の仇でも眺めるような表情で睨んでいるのも。日本の服飾品のサイズ展開に革命が起こることを切に願いそうになるほどには気の毒だと思うのだが、なぜそこまで果敢に挑みに行くのかはよくわからない。今のところ、もれなく返り討ちにあっているのに。

二つ目は、自分自身がいわゆる「感動もの」にめっぽう弱いことをすぐに忘れ、おれにその手の作品をプレゼンテーションしてくること。結果、緩んだ涙腺と格闘することに必死になって（それでもけっこう負けているけど）、柴の作戦は撃沈する。なにせもともと情に厚く、優しい性格な上に年季の入った物語好きが功を奏し、柴の豊かな想像力は彼の感情コントロール機能をあっけなく凌駕《りょうが》する。なんならあらすじを説明しているだけで登場人物に感情移入し、DVDの再生ボタンを押す前に目が潤んでいる、みたいなことも珍しくない。本人はそれを気にして「子どもみたいだ」と凹むのだけれど、おれは柴のそんなところを本当にすごいと思っている。どんな世界も見ることができるし、どんなものの気持ちにも寄り添える。でも、柴はちゃんとここにいて、柴であり続ける。そのことが、おれにはすごく大切で、いつだって眩しい。

そして、もう一つ。柴は、仕事や生活に疲れると、突然旅に出ることがある。でも、そういうときの柴の旅はちょっと変わっている。柴は、「旅に出る」と言って、おれの店に現われる。そろそろ担当作の校了やら次回作の打合せやらが迫ってくると話していたから、柴の「旅行日和」も近いかもしれない。

「凪、旅に出るぞ」

とっぷりと日の暮れたある夜のこと。柴は店に入ってきたかと思ったら、コートを脱ぎもせずにカウンターに両手をつき、身を乗り出すようにしてそう切り出した。

「んー。そろそろ来るかなと思ってはいたけど、忙しいの？」

きっちりと想定内の行動を披露してくれる素直な柴に苦笑しながらそう言うと、柴の表情豊かな瞳が微かに鋭さを増した。

「忙しい……？　忙しいに決まってる！　ただでさえスケジュールだだ詰まりなのに、社内でインフルエンザ流行ってるんだぞ！　毎年じゃねーか！　ワクチン接種義務化しろ！」

「大変だねぇ」

「大変だ！」

柴がここで仕事のことを愚痴る（と言ってもまぁこの程度だけど）ことは珍しいので、よっぽど大変なのだろうと察して、とりあえず柴の好きなほうじ茶ラテの準備にかかる。しゅんしゅんと慣れた音を響かせるやかんを視界の隅に捉えながら、ぐだりとカウンターに突っ伏す柴の、寝ぐせすら直せていない後頭部を眺めた。

「でも、大丈夫なの？　そんなに忙しいのに、ここに来て」

食器棚の手前にある、地元伝統工芸品である赤膚焼きの湯呑を温めながら尋ねると、ぎぎぎと錆《さ》びついた音がしそうな動作で顔だけを上げた柴が、恨めしそうにこちらを見上げた。

「………忙しいから、来てるんだ」

拗ねたようにぽつりとそう言う姿は、作家や上司からの信頼も厚い敏腕編集者には見えない。けれど、おれの知っている柴だ。ずっと知っている、いつでも一生懸命で、ちょっと疲れやすいのに、自分の頑張りには無自覚な柴だ。

「そっか。じゃあ、今日はどこに行こうか？」

「お疲れ様」の言葉の代わりに、いつもより少し甘さを強くしたほうじ茶ラテをカウンターに置くと、柴は湯呑から立ち上る甘みと香ばしさと懐かしさが絶妙にブレンドされた香りに鼻をひくつかせ、がばりと身体を起こした。独特の温かい赤土色と、細やかでどこか愛嬌のある絵付けの湯呑を両手で包み、一口二口飲む間に、頬にはほんのりと桜色が映り込んだ。

「はー、生き返る。最近ほとんど内勤で机に齧りついているからさぁ……。もう思い切って遠出したい。海外逃亡」

「海外かぁ。王道だけど、パリの景色は綺麗だよ。ブランド街の華やかな雰囲気もいいけれど、たとえばパリの北西には映画『アメリ』の舞台にもなったサン・マルタン運河があって、季節や時間によっていろんな表情を見せてくれる。プラタナスの葉や、水のせせらぎや、運河に架かるいろいろな橋の形を楽しみながら散歩をすると、時間の流れがゆったりとしているように感じられるんだ」

「へぇ、それはいいなぁ。パリって観光地ばっかりでなんかキラキラしてるイメージだった」

柴はほうじ茶ラテを啜りながら、遠い異国の風景に思いを馳せるように宙を眺める。柴の想像力は大したもので、こうしておれの話を聞きながら、その地を訪れた気分を味わうことができる。これが、柴の言う「旅」……もとい、「脳内旅行」の正体だ。

「たしかに、パリには有名な観光地が盛りだくさんだよね。ルーブル美術館、エッフェル塔、凱旋門《がいせんもん》、セーヌ川……。夜になると街の明かりやライトアップで宝石箱みたいにきらきら光る」

「あー、ルーブル美術館行きたいなぁ。あのミステリー小説の真似したい」

「美術館の前で跪《ひざまず》くの?」

意外とミーハーなプランに頬が緩む。実際に、パリの街には小説や映画の舞台となった場所が山ほどある。物語の世界観を自分の足で踏みしめる感覚というのは、それだけで極上の体験なのだろう。

「じゃあ、昼間は下町から運河沿いを散策しよう。公園とかもあるといいなぁ」

「凱旋門からつながるオッシュ通りに、モンソー公園っていうちょっと変わった公園があるよ」

「変わった？」

不思議そうに聞き返し、首を傾げる柴を横目に、おれは頭の中にある書物の欠片を探り、それと同時に冷蔵庫を探り、美しい風景と、カラフルな野菜を取り出す。

「そう、その公園には、ギリシャの円柱や、ピラミッドや、ローマ風の神殿、いろんな人物の彫刻があるんだ」

「はは、なんだよそれ。ごちゃ混ぜすぎだろ」

柴は可笑しそうに笑いながら、ようやくコートを脱ぎ、鞄を空いたスツールの上に落ち着けた。

「そうなんだよ。でもそういう取り合わせが不思議と調和されている。それぞれが、この場所のことを好きでいるんだなって思わせてくれるような、くつろいだ表情をして、全然違うものなのに、一緒に綺麗な風景を作っている」

「へぇ。なんかいいな、そういうの」

そう言って、おれとまったく違う時間を、世界を生きる柴は笑う。その笑顔を眺めながら、少しだけ見たこともないモンソー公園の風景に思いを馳せ、手元の小さな器に色とりどりの野菜と、ツナと、たっぷりのチーズを盛りつけ、白ワインの風味を散らしてオーブンに入れる。

「画家のモネも、その公園がお気に入りだったらしいよ」

「芸術家の集まる場所なんだなぁ。おれもスケッチブックくらいは……いやいや、ネタになるだけだな。諦めて目に焼きつけておくことにしよう」

「柴の画伯ぶりはなかなかだからねぇ」

一度近所で迷子らしい猫を見かけたというので、特徴を描いてとメモ用紙を渡したら、辺りのすべてを喰らい尽くして強く生きていけそうな謎の猛獣が爆誕したときのことを思い出し、おれは表情を緩めた。柴も同じことを思い出したらしく、視線を泳がせる。

「放っとけ。あ、パリにはさ、うまいものたくさんありそうだよな」

どうやらきっちりお腹が空いてきたらしい。薄明かりの店内に零れるオーブンの中の赤い炎と、時折コトコトと鳴る愛嬌のある音、それからコクのあるチーズの香りに刺激されたのか、期待を込めてこちらを覗き込んでいる。

「パリへの旅では、ビストロに行くのがおススメだね」

「ビストロって、昔は立ち飲み屋みたいな感じだったんだって？」

「うん。待ち合わせまでの時間つぶしに立ち寄ったりね。今でもそういう店はあるけれど、ほとんどは観光客も入りやすい小ぎれいな店になっているよ。レストランとほとんど違いがないって言う人もいるけど、もう少しカジュアルな……居酒屋みたいな感じかな」

「じゃあ、ここと一緒じゃん」

親近感がわいたのか、柴はにーと笑って「ここ」と言うようにカウンターを軽く叩く。ちょうどそのとき、オーブンが調理終了の合図を告げた。

「はい。ビストロ風野菜たっぷりのあつあつココット」

ころんと可愛らしい陶器に詰め込んだ、色とりどりの野菜、ツナと茹で卵。数種類をブレンドしたチーズは繊細な色彩でとろけ、絶妙の焼き色に包まれている。

「え、なにこれ。うまそう！」

柴は目の前のココットに瞳を輝かせ、喉を鳴らした。

「ビストロにはいろんな料理があるよ。鶏肉のトマト煮込みや、フレンチフライ、パテなんかの肉料理は日本人にも食べやすいかもしれない。ニシンのマリネや、新鮮な牛肉をたたいたタルタルステーキ、珍しいところではレアに焼いた肉を使ったハンバーガーとかもあるみたい」

「へぇー。これは、ココット、って言った？　なんか名前が可愛いな」

「ココットっていうのはその器の呼び方で、具材や味付けはいろいろなんだ。具材を入れて、オーブンで焼き上げる。それぞれの店や家庭の味があって楽しいよ」

「家庭の味も洒落てんな。おれはココット初体験だから、凪の味がベースってことで」

そう言いながら、猫舌の柴はふーふーと念入りに息を吹きかけた野菜を口に運ぶ。ブロッコリーにしっかりと絡んだチーズがゆったりと伸び、熱そうに頬張ったが、すぐにとろりとした笑顔になった。

「美味い～。パリの味がする」

「まるでパリを食べたことがあるみたいに聞こえるよ、柴」

幸せそうな表情を眺めながら、自然と笑みが零れる。旅先での時間を楽しむ柴と、そんな柴の旅のナビゲーションをしながら料理を振舞うおれと。小さな小さな島国の、古都の名もない路地裏に流れる、ふたつの異質な時間が歪に混ざり合う夜。この風変わりな風景が、どんな場所よりも、どんな料理よりも、おれの輪郭を優しく撫でて保ってくれる。

「なぎ〜。見ろ、サンタのトナカイがいる〜」

「雪に降られた鹿だよ。ほら、柴。ちゃんと前向いて歩かないと」

「わかってるって。あ、ここ、もんそーこうえん、だったっけ？」

「いや、奈良《なら》公園だね……。モネに怒られるよ」

あの後、（脳内で）パリの名所を惜しげもなく巡った柴は、セーヌ川沿いから夜景を眺め、そして旅の締めに夜のビストロ（という設定のおれの店）でワインを飲んだ。おれの店で料理に添えて出す酒は地元の酒蔵で醸造された日本酒がほとんどなので、ワインは調理用として使う程度しか置いていない。あくまで「雰囲気」として一口乾杯をした程度なのだが、よほど疲れていたのか普段それほど下戸ではないはずの柴はすっかり出来上がってしまっている。終電にはまだ少し時間があるものの、なんとなく心配で駅までの道を見送りがてら一緒に歩いていている。

柴は、見慣れた駅までの道すらも旅先で初めて出会う風景のように楽しそうに眺め、時折的外れなリポートをしながらも意外としっかりとした足取りで歩いていく。ふわふわと心地の良い空想に浸っても、柴の足元は揺らがず、大地の硬さも冷たさも知って、なお強く踏みしめながら一歩一歩進んでいく。変わらないな、と思った。記憶、というのとは少し違うおれの中にある感触。混沌としていて、いつだって新鮮で、同時に色あせて、古びている。それでも、いつも鮮やかに映るものもある。どんな時間に溶け込んでいても、おれを見つけてくれる、まっすぐな目。

「あ、なぎ、凪。あれ見ろ」

「ん？」

すっかり灯りが落ち、シャッターの下りた商店街を抜けたところで、半歩前を歩く柴が不意に立ち止まり、おれのはんてんの袖を引きながら頭上を指さした。柴の指先を辿ると、パリの夜景よりはずいぶんと控えめな、優しい暖色の光が映った。

「エッフェル塔」

ワインと寒さで仄かに染まった頬を緩め、柴はにっと笑う。その、大発見を誇るような表情と、頭上に浮かび上がる控えめながらも荘厳《そうごん》なシルエットを見比べ、おれは思わず噴き出した。

「五重塔」

この街を見守る、歴史ある建造物。花の都パリとは違う、ここには、静かで穏やかで、飾り気のない日常を写しとった風景しかない。月の光、星の粒を隠さない仄かな灯り。風の囁きを掻き消さない謙虚な静寂。柔らかな土のにおいを忘れない、澄んだ空気。

「……柴」

「んー？」

裾を握った柴の手を、はんてんの生地ごと握り返す。

「パリにもね、華やかな大通りからは見えない日常があるよ。小さな路地裏、質素なパンの香り、洗練されていない粗末なキャスケットをかぶって、貧しいけれど精一杯笑っている人たち」

「……」

煌びやかな物語の表舞台からはほど遠い、そんな風景を言葉にして少し、冷たい夜風に放つ。おれの言葉は、柴のそれとは違って冬の夜の空気に白い影を残さない。ただただ、透明で、本当にそこにあったのかさえわからない。そんなおれの言葉を聞いて、柴は目を瞬く。

「それ、凪のとこみたいだな」

「え？」

「エッフェル塔が見える大通りからは見えない、路地裏の、凪の店。おれの日常」

「………」

柴の言葉は、白い綿雲のように繊細で複雑な線を描き、そっと宙に溶けていく。その柔らかな曲線がまるで柴の言葉の形みたいで、美しいな、と思った。

「旅もたまにはいいけど、やっぱり『普通』もいいよなぁ」

そう言って笑う表情を、「記憶」とも呼べない空っぽの輪郭《からだ》の中に閉じ込める。おれの言葉は、この街の空気になんの色も残せないけれど、柴をパリにでも、アマゾンの奥地にでも、古代ローマでも、近未来でも……どんな場所にでも連れていくことができるから。そうして、存在しないはずのおれの「時間」に、鮮やかな風景を刻みつけることができるから。

だからおれは言葉を紡ぐ。

月明かりに照らされた、永い永い時間の欠片を遺しているこの街の風景と、大切な人の笑顔をなぞるように。見慣れすぎた精一杯の「日常」に、尽きることのない感謝を添えて。

参考文献一覧

『スイミー』――レオ・レオニ　著（好学社）
『スーホの白い馬』――大塚勇三　再話、赤羽末吉　絵（福音館書店）
『ないた赤おに』――浜田廣介　著、いもとようこ　絵（金の星社）
『ころわん』シリーズ――間所ひさこ　著、黒井健　絵（ひさかたチャイルド）
『マッチ売りの少女（アンデルセン童話集〔2〕より）』――ハンス・クリスチャン・アンデルセン　著（偕成社）
『どうぞのいす』――香山美子　著、柿本幸造　絵（ひさかたチャイルド）
『こんとあき』――林明子　著（福音館書店）
『子うさぎましろのお話』――佐々木たづ　著、三好碩也　絵（ポプラ社）
『サンタベアーのクリスマス』――バーバラ・リード　著、ハワード・B・ルイス　絵（架空社）
『人魚姫（アンデルセン童話集〔2〕より）』――ハンス・クリスチャン・アンデルセン　著（偕成社）
『北風のくれたテーブルかけ』――ノルウェー民話より
『幸福の王子』――オスカー・ワイルド　著（にっけん教育出版社）
『イーダちゃんの花』――ハンス・クリスチャン・アンデルセン　著（小学館）
『ぐりとぐら』――中川李枝子　著、大村百合子　絵（福音館書店）
『おはなしりょうりきょうしつ』シリーズ――寺村輝夫　著、岡本颯子　絵（あかね書房）
『チョコレート工場の秘密』――ロアルド・ダール　著（評論社）
『花咲かじいさん』――日本の昔話より
『アメリ』（映画）ジャン＝ピエール・ジュネ　監督
『ダ・ヴィンチ・コード』――ダン・ブラウン　著（角川書店）

あとがき

本書をお手に取っていただきまして、ありがとうございます。

このお話には、私が子どもの頃に家族から読んでもらった絵本をはじめ、大好きなお話をたくさんちりばめさせていただきました。タイトルを出していないものも多いのですが、最初の原稿チェック時に担当編集者様より「登場する書籍のリストも作っておきました」の一言で、完璧な一覧が届いた時には「あの部分だけで……!?」と、専門職スキルに恐れ戦《おのの》いたものです。本好き仲間の皆様も、よければぜひ「文中に出ている作品当てクイズ」に挑戦してみていただければ幸いです。最近また書店でも本やグッズを見かけるようになったものもあり、年季の入った本好きとしては嬉しい限りです。本当に素敵な作品というのは、こうして時代や地域を超えて、いつでも温かな世界に連れて行ってくれるものなのだなと、著者の先生方への敬意を込めながら作中で紹介させていただきました。

この物語は、「多くの人の心に残る物語」を紡いでほしい柴と、「たったひとりのための物語」を紡ぎ続ける覚悟を持った凪の攻防で、お話を書いている間中、書き終わった今も、私の頭の中には二人の想いが棲んでいます。

「誰にとっても完璧なハッピーエンドなどない」と思いながらも、こうしてこの本を手に取ってくださっている、まだ出会ったことがないかもしれない「あなた」の心の片隅を温めるものになればいいと願いお話を紡ぐことは、なんだか矛盾しているのかもしれません。それでも、そういう「割り切れないもの」と向き合いながら言葉を重ねていくことが、やっぱり難しくも楽しいなとも思うのです。

私にとって、お話を書くのは大切な「楽しみ」のひとつなので、物語には大好きなものを詰め込む習性があります。図書館、書店、おいしい料理、そして、優しい故郷の風景と、いつも元気や温かさをくれる大好きなお話たち。これらは、昔から大好きではあったけれど、「本を出す」という経験をさせていただいた中での、新しい出会いのおかげでもっともっと大切に思うようになったものでもあります。

出版社の方々、書店員の方々、司書様、装丁や校閲に関わってくださった方々、そしてお話を読んでくださる皆さんへのリスペクトと感謝から、このお話は生まれました。改めまして、いつも本当にありがとうございます。

物語の舞台となった奈良町では、今日もゆったりとした時間が流れています。Tamaki・i様が表紙に描いてくださった、柴を優しい瞳で見つめる凪が棲んでいそうな隠れ家居酒屋。エッフェル塔ならぬ五重塔、鹿たちと会釈を交わしながら歩く奈良公園、四季折々の風景に彩られた数々の神社仏閣。ぜひ、心を癒すのんびり旅にいらっしゃってください。

令和五年　十二月吉日　いのうえ　えい

ことのは文庫

「泣《な》ける話《はなし》」をひとつください。
あきらめの悪《わる》い編集者《へんしゅうしゃ》と忘《わす》れ去《さ》られた推《お》し作家《さっか》

2023年12月25日　初版発行

著者　いのうえ えい
発行人　子安喜美子
編集　尾中麻由果
印刷所　株式会社広済堂ネクスト
発行　株式会社マイクロマガジン社
URL：https://micromagazine.co.jp/
〒104-0041
東京都中央区新富1-3-7 ヨドコウビル
TEL.03-3206-1641 FAX.03-3551-1208（販売部）
TEL.03-3551-9563 FAX.03-3551-9565（編集部）

ISBN978-4-86716-505-8　C0193